名家散文
必讀系列

朱自清

朱自清 著

中華教育

目錄

憎

◖ 導讀

　　題目為《憎》，顯得激烈，這是朱自清 23 歲時寫的散文，正像文中所說，還是「一個閱歷未深的人」，火氣不小，和他大多數溫和隨意、舒緩幽默的散文大相徑庭。

　　文章當然是有感而發的。倒數第二段中提及的「去任某校教務主任」中的「某校」，是指揚州江蘇省立第八中學，朱自清只工作了短暫的幾個月就辭職了，寫文章時人已在上海吳淞中國公學中學部任教，看來對於剛剛過去的在揚州八中感受到的不友好，依然深深刺激着他，這是他切身感覺到的與己有關的「蔑視」，聯繫到以前所目睹的發生在別人身上的「冷漠」，使他終於感受到強烈的憎恨之情，從而寫成此文。這是對於《憎》一文創作動機說得過去的猜想。

　　由此也可以看到，《憎》一文的情緒是逐漸累積的，程度逐漸加大，由社會上普遍的冷漠、人與人之間的溝通之難、華捕（華人捕頭）對於別人苦難的幸災樂禍，到自己親身感受到的來自「資望深重的先生」的蔑視，朱自清對全社會的「敵意」的憎恨，也終於達到頂點。這篇文章從自己的所見及親身經歷，折射出當時中國社會普遍的冷漠和敵意，也透露出作者的憤怒和深深的無奈。

　　文章行文密實，文意尖銳，偶有魯迅雜文之風采。

　　我生平怕看見乾笑，聽見敷衍的話；更怕冰擱着的臉和冷淡的言詞，看了，聽了，心裏便會發抖。至於殘酷的佯笑，強烈的揶揄，那簡直要我全身都痙攣般掣動了。在一般看慣、聽慣、老於世故的前輩們，這些原都是「家常便飯」，很用不着大驚小怪地去張揚；但如我這樣一個閱歷未深的人，神經自然容易激動些，又痴心渴望着愛與和平，所以便不免有些變態。平常人可以隨隨便便過去的，我不幸竟是不能；因此增加了好些苦惱，減卻了好些「生力」。——這真所謂「自作孽」了！

　　前月我走過北火車站附近。馬路上橫躺着一個人：微側着蜷曲的身子。臉被一破蘆葦遮了，不曾看見；穿着黑布夾襖，垢膩的淡青的襯裏，從一處處不規則地顯露；白斜紋的單褲，受了塵穢底①沾染，早已變成灰色；雙足是赤着，腳底滿塗着泥土，腳面滿積着塵垢，皮上卻皺着網一般的細紋，映在太陽裏，閃閃有光。這顯然是一個勞動者的屍體了。一個不相干的人死了，原是極平凡的事；況是一個不相干又不相干的勞動者呢？所以圍着看的雖有十餘人，卻都好奇地睜着眼，臉上的筋肉也都冷靜而弛緩。我給周遭的冷淡嚇住了；但因為我的老脾氣，終於茫漠地想着：他的一生是完了；但於他曾有甚麼價值呢？他的死，自然，不自然呢？上海像他這樣人，知道有多少？像他這樣死的，知道一日裏又有多少？再推到全世界呢？……這不免引起我對於人類運命的一種杞憂了！但是思想忽然轉向，何以那些看閒的，

---

① 底，同「的」。

於這一個同伴底死如此冷淡呢？倘然死的是他們的兄弟，朋友，或相識者，他們將必哀哭切齒，至少也必驚惶；這個不識者，在他們卻是無關得失的，所以便漠然了？但是，果然無關得失麼？「叫天子一聲叫」，尚能「撕去我一縷神經」，一個同伴悲慘的死，果然無關得失麼？一人生在世，倘只有極少極少的所謂得失相關者顧念着，豈不是太孤寂又太狹隘了麼？狹隘、孤寂的人間，哪裏有善良的生活！唉！我不願再往下想了！

這便是遍滿現世間的「漠視」了。我有一個中學同班的同學。他在高等學校畢了業；今年恰巧和我同事。我們有四五年不見面，不通信了；相見時我很高興，滔滔汩汩地向他說知別後的情形；稱呼他的號，和在中學時一樣。他只支持着同樣的微笑聽着。聽完了，仍舊支持那微笑，只用極簡單的話說明他中學畢業後的事，又稱了我幾聲「先生」。我起初不曾留意，陡然發見那乾涸的微笑，心裏先有些怯了；接着便是那機器榨出來的幾句話和「敬而遠之」的一聲聲的「先生」，我全身都不自在起來；熱烈的想望早冰結在心坎裏！可是到底鼓勇說了這一句話：「請不要這樣稱呼罷；我們是同班的同學哩！」他卻笑着不理會，只含糊應了一回；另一個「先生」早又從他嘴裏送出了！我再不能開口，只蜷縮在椅子裏，眼望着他。他覺得有些奇怪，起身，鞠躬，告辭。我點了頭，讓他走了。這時羞愧充滿在我心裏；世界上有甚麼東西在我身上，使人棄我如敝屣呢？

約莫兩星期前，我從大馬路搭電車到車站。半路上上來

一個魁梧奇偉的華捕。他背着手直挺挺地靠在電車中間的轉動機（？）上。穿着青布制服，戴着紅纓涼帽，藍的綁腿，黑的厚重的皮鞋：這都和他別的同伴一樣。另有他的一張粗黑的盾形的臉，在那臉上表現出他自己的特色。在那臉、嘴上是抿了，兩眼直看着前面，筋肉像濃霜後的大地一般冷重；一切又這樣地嚴肅，我幾乎疑惑那是黑的石像哩！從他上車，我端詳了好久，總不見那臉上有一絲的顫動；我忽然感到一種壓迫的感覺，彷彿有人用一條厚棉被連頭夾腦緊緊地捆了我一般，呼吸便漸漸地低迫促了。那時電車停了；再開的時候，從車後匆匆跑來一個貧婦。伊有襤褸的古舊的渾沌色的竹布長褂和褲；跑時只是用兩隻小腳向前掙扎，蓬蓬的黃髮縱橫地飄拂着；瘦黑多皺襞的臉上，閃爍着兩個熱望的眼珠，嘴脣不住地開合 —— 自然是喘息了。伊大概有緊要的事，想搭乘電車。來得慢了，揑捉着車上的鐵柱。早又被他從伊手裏滑去；於是伊只有踉踉蹌蹌退下了！這時那位華捕忽然出我意外，赫然地笑了；他看着拙笨的伊，叫道：「哦 —— 呵！」他頰上，眼旁，霜濃的筋肉都開始顯出勻稱的皺紋；兩眼細而潤澤，不似先前的枯燥；嘴是咧開了，露出兩個燦燦的金牙和一色潔白的大齒；他身體的姿勢似乎也因此變動了些。他的笑雖然暫時地將我從冷漠裏解放；但一刹那間，空虛之感又使我幾要被身份的大氣壓扁！因為從那笑的貌和聲裏，我鋒利地感着一切的驕傲，狡猾，侮辱，殘忍；只要有「愛的心」，「和平的光芒」的，誰的全部神經能不被痙攣般掣動着呢？

這便是遍滿現世間的「蔑視」了。我今年春間，不自量力，去任某校教務主任。同事們多是我的熟人，但我於他們，卻幾乎是個完全的生人；我遍嚐漠視和漠視的滋味，感到莫名的孤寂！那時第一難事是擬訂日課表。因了師生們關係的複雜，校長交來三十餘條件；經驗缺乏、腦筋簡單的我，真是無所措手足！掙揣了五六天工夫，好容易勉強湊成了。卻有一位在別校兼課的，資望深重的先生，因為有幾天午後的第一課和別校午前的第四課銜接，兩校相距太遠，又要回家吃飯，有些趕不及，便大不滿意。他這兼課情形，我本不知，校長先生的條件裏，也未開入；課表中不能顧到，似乎也「情有可原」。但這位先生向來是面若冰霜，氣如虹盛；他的字典裏大約是沒有「恕」字的，於是挑戰的信來了，說甚麼「既難枵腹，又無汽車；如何設法，還希見告！」我當時受了這意外的，濫發的，冷酷的諷刺，極為難受；正是滿肚皮冤枉，沒申訴處，我並未曾有一些開罪於他，他卻為何待我如仇敵呢？我便寫一信覆他，自己略略辯解；對於他的態度，表示十分的遺憾：我說若以他的失當的譴責，便該不理這事，可是因為向學校的責任，我終於給他設法了。他接信後，「上訴」於校長先生。校長先生請我去和他對質。狡點的復仇的微笑在他臉上，正和有毒的菌類顯着光怪陸離的彩色一般。他極力說得慢些，說低些：「為甚麼說『便該不理』呢？課表豈是『欽定』的麼？—— 若說態度，該怎樣啊！許要用『請願』罷？」這裏每一個字便像一把利劍，緩緩地，但是深深地，刺入我心裏！—— 他完

名家散文必讀・朱自清

全勝利，臉上換了愉快的微笑，侮蔑地看着默了的我，我不能再支持，立刻辭了職回去。

這便是遍滿現世間的「敵視」了。

一九二一年十一月四日

匆匆

導讀

　　本文發表於 1922 年 4 月 11 日《時事新報》副刊《文學旬刊》第 34 期。1922 年初至 1923 年 3 月，朱自清曾在台州的浙江第六師範學校工作過一年。在山城台州，朱自清感覺非常孤獨寂寞，在當時寫給好友俞平伯的一封信裏，有這樣一段：「日來時時念舊，殊低徊不能自已。明知無聊，但難排遣。『回想上的惋惜』，正是不能自克的事。因了這惋惜的情懷，引起時日不可留之感。我想將這宗心緒寫成一詩，名曰『匆匆』。」（1922 年 3 月 26 日寄俞平伯信）信中明確説「寫成一詩」，《匆匆》短小精粹，確實是現代散文詩中的名作。

　　第一段中有「你告訴我」、最後一段又有「你聰明的」等語，《匆匆》採用向人傾訴的語調，自然親切，流暢輕盈。正因如此，像「我不禁頭涔涔而淚潸潸了」這樣的句子，既和整體的詩意傳達和諧相融，又並不讓人覺得誇張。長短錯落的排比句式和新穎比喻的運用，也是這首散文詩成功的地方。

　　文中兩處提及「八千多日」，寫作這篇作品時朱自清不過 24 歲，也正因為年輕時就有這種強烈的時不我待的緊迫感，年僅 50 歲就去世的朱自清先生，作出了令後人景仰的成就。

　　燕子去了，有再來的時候；楊柳枯了，有再青的時候；桃花謝了，有再開的時候。但是，聰明的，你告訴我，我們的日子為甚麼一去不復返呢？——是有人偷了他們吧！那是誰？又藏在何處呢？是他們自己逃走了吧！現在又到了哪裏呢？

　　我不知道他們給了我多少日子，但我的手確乎是漸漸空虛了。在默默地算着，八千多日子已經從我手中溜去，像針尖上一滴水滴在大海裏，我的日子滴在時間的流裏，沒有聲音，也沒有影子。我不禁頭涔涔而淚潸潸了。

　　去的儘管去了，來的儘管來着；去來的中間，又怎樣地匆匆呢？早上我起來的時候，小屋裏射進兩三方斜斜的太陽。太陽他有腳啊，輕輕悄悄地挪移了；我也茫茫然跟着旋轉。於是——洗手的時候，日子從水盆裏過去；吃飯的時候，日子從飯碗裏過去；默默時，便從凝然的雙眼前過去。我覺察他去得匆匆了，伸出手遮挽時，他又從遮挽着的手邊過去，天黑時，我躺在牀上，他便伶伶俐俐地從我身上跨過，從我腳邊飛去了。等我睜開眼和太陽再見，這算又溜走了一日。我掩着面歎息。但是新來的日子的影兒又開始在歎息裏閃過了。

　　在逃去如飛的日子裏，在千門萬戶的世界裏的我能做些甚麼呢？只有徘徊罷了，只有匆匆罷了；在八千多日的匆匆裏，除徘徊外，又剩些甚麼呢？過去的日子如輕煙，被微風吹散了，如薄霧，被初陽蒸融了；我留着些甚麼痕跡呢？我何曾留着像游絲樣的痕跡呢？我赤裸裸來到這世界，轉眼也將赤裸裸地回去吧？但不能平的，為甚麼偏要白白走這一

遭啊？

　　你聰明的，告訴我，我們的日子為甚麼一去不復返呢？

　　　　　　　　　　一九二二年三月二十八日

「月朦朧，鳥朦朧，
簾捲海棠紅」

導讀

　　離開台州浙江第六師範後，朱自清來到地處溫州的浙江省立十中工作了一年。1924 年他寫過一組總題為《溫州的蹤跡》的散文，取材於這段生活，第一篇就是《「月朦朧，鳥朦朧，簾捲海棠紅」》。有一天，美術教師馬孟容畫了一幅國畫送給朱自清，朱自清回家後細細品味，為畫作打動，寫成此文。發表於上海亞東圖書館 1924 年 7 月出版《我們的七月》。

　　文章首先用了一段細細描摹這幅畫的佈局和構圖內容。「嫩綠色」、「紅豔」、「黃色的雄蕊」、「叢綠」，文中接連用了四個描摹色彩的詞語，盡力突出了畫中海棠之美，也就充分肯定了這幅畫的設色之動人。如果說第一段是描摹圖畫，第二段則是放飛個人由觀畫而產生的想像，也是對畫的意蘊的細細揣摩。畫中人未出現，然而一切卻全為傳達人的朦朧情感，朱自清寫出了他對這幅畫的理解，也傳達了自己的藝術觀。

　　因激賞一幅畫而寫一篇文字，實是作兩種不同藝術之間的溝通。欲以文字傳達畫的情韻，是一個挑戰。朱自清的目的達到了，更重要的是，這篇文字擺脫了畫的束縛，成為獨立的美的存在。文中有精彩的比喻，有疑問句的排比鋪陳，語調輕盈，呈現了朱自清青年時期散文的魅力。

這是一張尺多寬的小小的橫幅，馬孟容君畫的。上方的左角，斜着一卷綠色的簾子，稀疏而長；當紙的直處三分之一，橫處三分之二。簾子中央，着一黃色的，茶壺嘴似的鈎兒——就是所謂軟金鈎麼？「鈎彎」垂着雙穗，石青色；絲縷微亂，若小曳於輕風中。紙右一圓月，淡淡的青光遍滿紙上；月的純淨，柔軟與平和，如一張睡美人的臉。從簾的上端向右斜伸而下，是一枝交纏的海棠花。花葉扶疏，上下錯落着，共有五叢；或散或密，都玲瓏有致。葉嫩綠色，彷彿掐得出水似的；在月光中掩映着，微微有淺深之別。花正盛開，紅豔欲流；黃色的雄蕊歷歷的，閃閃的。襯托在叢綠之間，格外覺着妖嬈了。枝欹斜而騰挪，如少女的一隻臂膊。枝上歇着一對黑色的八哥，背着月光，向着簾裏。一隻歇得高些，小小的眼兒半睜半閉的，似乎在入夢之前，還有所留戀似的。那低些的一隻別過臉來對着這一隻，已縮着頸兒睡了。簾下是空空的，不着一些痕跡。

　　試想在圓月朦朧之夜，海棠是這樣的嫵媚而嫣潤；枝頭的好鳥為甚麼卻雙棲而各夢呢？在這夜深人靜的當兒，那高踞着的一隻八哥兒，又為何盡撐着眼皮兒不肯睡去呢？他到底等甚麼來着？捨不得那淡淡的月兒麼？捨不得那疏疏的簾兒麼？不，不，不，您得到簾下去找，您得向簾中去找——您該找着那捲簾人了？他的情韻風懷，原是這樣這樣的喲！朦朧的豈獨月呢；豈獨鳥呢？但是，咫尺天涯，教我如何耐得？我拚着千呼萬喚；你能夠出來麼？

　　這頁畫佈局那樣經濟，設色那樣柔活，故精彩足以動人。雖是區區尺幅，而情韻之厚，已足淪肌浹髓而有餘。我

看了這畫。瞿然而驚：留戀之懷，不能自已。故將所感受的印象細細寫出，以志這一段因緣。但我於中西的畫都是門外漢，所說的話不免為內行所笑。——那也只好由他了。

一九二四年二月一日　温州

綠

❮ 導讀

　　《綠》是系列散文《溫州的蹤跡》中的第二篇，同樣是 1924
年朱自清在溫州浙江省立十中工作時的作品。文章短小精悍，優
美清新，一直是中國現代文學史上的名篇。

　　梅雨潭在溫州瑞安仙巖鎮的仙巖山，此篇散文是朱自清回
憶和朋友秋天在這裏的一次出遊時的所見所感。文章第一句點出
「綠」，接着寫在梅雨亭平視和俯瞰之下的梅雨潭，第三段再詳細
地寫眼前、身邊的梅雨潭的綠，最後一段呼應首段。整篇文章的
寫作，視野由遠及近，結構清晰緊湊，文意凝練集中。梅雨潭的
「綠」，第三段一開始就點出是「離合的神光」，以下的描繪集中
突出其美的「奇異」，是一種女性的美，最後以「女兒綠」總結，
這是極具個性化的視野和描繪。也就是說，寫綠，不是泛寫，而
是始終有一個核心的意象。

　　在寫作細節方面，《綠》取得的成就尤其值得肯定。像朱自清
大部分抒情寫景的散文一樣，此文的比喻新穎獨特。寫梅雨潭的
得名，「像一朵朵小小的白梅，微雨似的紛紛落着」。比喻中有比
喻，同時給人一種強烈、清晰、直接的畫面感。第三段分別用比
喻描摹靜態的綠和動態的綠，接着又用對比突出梅雨潭綠的「奇
異」，最後是直接抒發自己對梅雨潭綠的傾心，卻又因為運用設
想，寫得那麼委婉深情。

　　我第二次到仙巖①的時候，我驚詫於梅雨潭的綠了。

　　梅雨潭是一個瀑布潭。仙巖有三個瀑布，梅雨瀑最低。走到山邊，便聽見嘩嘩嘩嘩的聲音；抬起頭，鑲在兩條濕濕的黑邊兒裏的，一帶白而發亮的水便呈現於眼前了。我們先到梅雨亭。梅雨亭正對着那條瀑布；坐在亭邊，不必仰頭，便可見它的全體了。亭下深深的便是梅雨潭。這個亭踞在突出的一角的巖石上，上下都空空兒的；彷彿一隻蒼鷹展着翼翅浮在天宇中一般。三面都是山，像半個環兒擁着；人如在井底了。這是一個秋季的薄陰的天氣。微微的雲在我們頂上流着；巖面與草叢都從潤濕中透出幾分油油的綠意。而瀑布也似乎分外地響了。那瀑布從上面沖下，彷彿已被扯成大小的幾綹；不復是一幅整齊而平滑的布。巖上有許多稜角；瀑流經過時，作急劇的撞擊，便飛花碎玉般亂濺着了。那濺着的水花，晶瑩而多芒；遠望去，像一朵朵小小的白梅，微雨似的紛紛落着。據說，這就是梅雨潭之所以得名了。但我覺得像楊花，格外確切些。輕風起來時，點點隨風飄散，那更是楊花了。——

---

①　山名，浙江瑞安的勝跡。

這時偶然有幾點送入我們溫暖的懷裏，便倏地鑽了進去，再也尋它不着。

　　梅雨潭閃閃的綠色招引着我們；我們開始追捉她那離合的神光了。揪着草，攀着亂石，小心探身下去，又鞠躬過了一個石穹門，便到了汪汪一碧的潭邊了。瀑布在襟袖之間；但我的心中已沒有瀑布了。我的心隨潭水的綠而搖盪。那醉人的綠呀！彷彿一張極大極大的荷葉鋪着，滿是奇異的綠呀。我想張開兩臂抱住她；但這是怎樣一個妄想呀。——站在水邊，望到那面，居然覺着有些遠呢！這平鋪着，厚積着的綠，着實可愛。她鬆鬆地皺纈着，像少婦拖着的裙幅；她輕輕地擺弄着，像跳動的初戀的處女的心；她滑滑地明亮着，像塗了「明油」一般，有雞蛋清那樣軟，那樣嫩，令人想着所曾觸過的最嫩的皮膚；她又不雜些兒塵滓，宛然一塊溫潤的碧玉，只清清的一色——但你卻看不透她！我曾見過北京什刹海拂地的綠楊，脫不了鵝黃的底子，似乎太淡了。我又曾見過杭州虎跑寺近旁高峻而深密的「綠壁」，叢疊着無窮的碧草與綠葉的，那又似乎太濃了。其餘呢，西湖的波太明了，秦淮河的也太暗了。可愛的，我將甚麼來比擬你呢？我怎麼比擬得出呢？大約潭是很深的，故能蘊蓄着這樣奇異的綠；彷彿蔚藍的天融了一塊在裏面似的，這才這般的鮮潤呀。——那醉人的綠呀！我若能裁你以為帶，我將贈給那輕盈的舞女；她必能臨風飄舉了。我若能挹你以為眼，我將贈給那善歌的盲妹；她必明眸善睞了。我捨不得你；我怎捨得你呢？我用手拍着你，撫摩着你，如同一個十二三歲的小姑娘。我又掬你入口，便是吻着她了。我送你一個名

字，我從此叫你「女兒綠」，好麼？

　　我第二次到仙巖的時候，我不禁驚詫於梅雨潭的綠了。

二月八日　温州

生命的價格——七毛錢

導讀

　　文章於 1924 年 4 月 9 日在寧波寫成，是《溫州的蹤跡》中的第 4 篇，發表於《我們的七月》。這是一篇直接控訴社會罪惡、表達內心無比憤怒的文章。正因此，它無需細緻的結構安排、語言的錘煉，無需過多的藝術講求，只是直筆道來，因為自己所見觸發了太多的憤怒。朱自清是一位溫文爾雅的教師和學者，此文是他早期不多的直抒胸臆、情緒激烈的創作之一。

　　第一、二段是議論，也為這個自己所見的被七毛錢賣掉的五歲女孩的出場勾勒了一個可怕的背景，為當時的社會留下了不移的實錄，同時表達了自己的驚愕。在充分的情緒的醞釀和鋪墊之後，第三、四兩段是記敘，最後兩段是對女孩悲慘命運的設想和對整個令人詛咒的社會的抨擊。信筆寫來，也自然將議論、記敘和抒情融為一體，並注重於在議論之中對細節的講求。這篇表達憤怒、抨擊社會的文章中，特別令人動容的是文中流露出來的個人的震動和深刻的同情。一個兩次提及的細節是這個小女孩並不美，另一個細節是這個女孩和自己的女兒表面上並無不同。一種感同身受的痛苦，使這篇情緒激烈的散文具有人道主義的光輝。

　　生命本來不應該有價格的；而竟有了價格！人販子，老鴇，以至近來的綁票土匪，都就他們的所有物，標上參差的價格，出賣於人；我想將來許還有公開的人市場呢！在種種「人貨」裏，價格最高的，自然是土匪們的票了，少則成千，多則成萬；大約是有歷史以來，「人貨」的最高的行情了。其次是老鴇們所有的妓女，由數百元到數千元，是常常聽到的。最賤的要算是人販子的貨色！他們所有的，只是些男女小孩，只是些「生貨」，所以便賣不起價錢了。

　　人販子只是「仲買人」，他們還得取給於「廠家」，便是出賣孩子們的人家。「廠家」的價格才真是道地呢！《青光》裏曾有一段記載，說三塊錢買了一個丫頭；那是移讓過來的，但價格之低，也就夠令人驚詫了！「廠家」的價格，卻還有更低的！三百錢，五百錢買一個孩子，在災荒時不算難事！但我不曾見過。我親眼看見的一條最賤的生命，是七毛錢買來的！這是一個五歲的女孩子。一個五歲的「女孩子」賣七毛錢，也許不能算是最賤；但請您細看：將一條生命的自由和七枚小銀元各放在天平的一個盤裏，您將發現，正如九頭牛與一根牛毛一樣，兩個盤兒的重量相差實在太遠了！

　　我見這個女孩，是在房東家裏。那時我正和孩子們吃飯；妻走來叫我看一件奇事，七毛錢買來的孩子！孩子端端正正地坐在條凳上；面孔黃黑色，但還豐潤；衣帽也還整潔可看。我看了幾眼，覺得和我們的孩子也沒有甚麼差異；我看不出她的低賤的生命的符記 —— 如我們看低賤的貨色時所容易發見的符記。我回到自己的飯桌上，看看阿九和阿

菜，始終覺得和那個女孩沒有甚麼不同！但是，我畢竟發見真理了！我們的孩子所以高貴，正因為我們不曾出賣他們，而那個女孩所以低賤，正因為她是被出賣的；這就是她只值七毛錢的緣故了！呀，聰明的真理！

妻告訴我這孩子沒有父母，她哥嫂將她賣給房東家姑爺開的銀匠店裏的夥計，便是帶着她吃飯的那個人。他似乎沒有老婆，手頭很窘的，而且喜歡喝酒，是一個糊塗的人！我想這孩子父母若還在世，或者還捨不得賣她，至少也要遲幾年賣她；因為她究竟是可憐可憐的小羔羊。到了哥嫂的手裏，情形便不同了！家裏總不寬裕，多一張嘴吃飯，多費些布做衣，是顯而易見的。將來人大了，由哥嫂賣出，究竟是為難的；説不定還得找補些兒，才能送出去。這可多麼冤呀！不如趁小的時候，誰也不注意，做個人情，送了乾淨！您想，溫州不算十分窮苦的地方，也沒碰着大荒年，幹甚麼得了七個小毛錢，就心甘情願地將自己的小妹子捧給人家呢？説等錢用？誰也不信！七毛錢了得甚麼急事！溫州又不是沒人買的！大約買賣兩方本來相知；那邊恰要個孩子玩兒，這邊也樂得出脱，便半送半賣的含糊定了交易。我猜想那時夥計向袋裏一摸一股腦兒掏了出來，只有七毛錢！哥哥原也不指望着這筆錢用，也就大大方方收了完事。於是財貨兩交，那女孩便歸夥計管業了！

這一筆交易的將來，自然是在運命手裏；女兒本姓「碰」，由她去碰罷了！但可知的，運命決不加惠於她！第一幕的戲已啟示於我們了！照妻所説，那夥計必無這樣耐心，撫養她成人長大！他將像豢養小豬一樣，等到相當的肥

壯的時候，便賣給屠戶，任他宰割去；這其間他得了賺頭，是理所當然的！但屠戶是誰呢？在她賣做丫頭的時候，便是主人！「仁慈的」主人只宰割她相當的勞力，如養羊而剪牠的毛一樣。到了相當的年紀，便將她配人。能夠這樣，她雖然被擲在丫頭坯裏，卻還算不幸中之幸哩。但在目下這錢世界裏，如此大方的人究竟是少的；我們所見的，十有六七是刻薄人！她若賣到這種人手裏，他們必挪榨①她過量的勞力。供不應求時，便罵也來了，打也來了！等她成熟時，卻又好轉賣給人家作妾；平常挪榨的不夠，這兒又找補一個尾子！偏生這孩子模樣兒又不好；入門不能得丈夫的歡心，容易遭大婦的凌虐，又是顯然的！她的一生，將消磨於眼淚中了！也有些主人自己收婢作妾的；但紅顏白髮，也只空斷送了她的一生！和前例相較，只是五十步與百步而已。——更可危的，她若被那夥計賣在妓院裏，老鴇才真是個令人肉顫的屠戶呢！我們可以想到：她怎樣逼她學彈學唱，怎樣驅遣她去做粗活！怎樣用藤筋打她，用針刺她！怎樣督責她承歡賣笑！她怎樣吃殘羹冷飯！怎樣打熬着不得睡覺！怎樣終於生了一身毒瘡！她的相貌使她只能做下等妓女；她的淪落風塵是終生的！她的悲劇也是終生的！——唉！七毛錢竟買了你的全生命——你的血肉之軀竟抵不上區區七個小銀元麼！生命真太賤了！生命真太賤了！

因此想到自己的孩子的運命，真有些膽寒！錢世界裏的

---

① 挪 (zā) 榨，逼迫壓榨。

生命市場存在一日，都是我們孩子的危險！都是我們孩子的
侮辱！您有孩子的人呀，想想看，這是誰之罪呢？這是誰之
責呢？

四月九日　寧波

春暉的一月

　　1924 年 3 月初，在寧波浙江省立四中工作的朱自清，來到春暉中學兼課，來一月餘即寫了這篇散文《春暉的一月》，文章發表在春暉中學自辦刊物《春暉》上面，是寫給特定讀者 —— 春暉中學師生的。

　　文章總體寫一月餘對於春暉頗好的印象，分為三層：初來印象、春暉的禮物：美和真誠、鄉村生活中少年人的修養問題。層次井然，文意清晰，態度溫和誠懇，是這篇文章的特色。

　　初來印象一層，採用的是典型的移步換景的寫法，用了很多簡短的句式，「如絮的微痕，界出無數片的綠；閃閃閃閃的，像好看的眼睛」，在看似客觀的景物描寫中透露了新來乍到者的新奇、欣喜。第二層寫春暉給我的美和真誠這兩件禮物，傳達的則是春暉的人文氛圍。第三層對於鄉村生活修養的建議，不是高高在上的說教，是一個經歷了鄉村和城市生活的老師與少年善意的交流。而最末的「減少少年人的進取心」一語，則讓人警醒。也許是為了舒緩這種意味，文章用了寥寥幾筆寫了春暉給「我」的第三件禮物：閒適的生活，這一小段，都可以看出朱自清為人為文醇厚溫和的一面。

去年在溫州，常常看到本刊①，覺得很是歡喜。本刊印刷的形式，也頗別致，更使我有一種美感。今年到寧波時，聽許多朋友說，白馬湖的風景怎樣怎樣好，更加嚮往。雖然於甚麼藝術都是門外漢，我卻懷抱着愛「美」的熱誠，三月二日，我到這兒上課來了。在車上看見「春暉中學校」的路牌，白地黑字的，小鞋轎架似的路牌，我便高興。出了車站，山光水色，撲面而來，若許我抄前人的話，我真是「應接不暇」了。於是我便開始了春暉的第一日。

走向春暉，有一條狹狹的煤屑路。那黑黑的細小的顆粒，腳踏上去，便發出一種摩擦的噪音，給我多少清新的趣味。而最繫我心的，是那小小的木橋。橋黑色，由這邊慢慢地隆起，到那邊又慢慢的低下去，故看去似乎很長。我最愛橋上的欄杆，那變形的卍紋的欄杆；我在車站門口早就看見了，我愛它的玲瓏！橋之所以可愛，或者便因為這欄杆哩。我在橋上逗留了好些時。這是一個陰天。山的容光，被雲霧遮了一半，彷彿淡妝的姑娘。但三面映照起來，也就青得可以了，映在湖裏，白馬湖裏，接着水光，卻另有一番妙景。我右手是個小湖，左手是個大湖。湖有這樣大，使我自己覺得小了。湖水有這樣滿，彷彿要漫到我的腳下。湖在山的趾邊，山在湖的脣邊；他倆這樣親密，湖將山全吞下去了。吞的是青的，吐的是綠的，那軟軟的綠呀，綠的是一片，綠的卻不安於一片；它無端地皺起來了。如絮的微痕，界出無數

名家散文必讀・朱自清

① 本刊，指《春暉》，是春暉中學自辦的刊物。

片的綠；閃閃閃閃的，像好看的眼睛。湖邊繫着一隻小船，四面卻沒有一個人，我聽見自己的呼吸。想起「野渡無人舟自橫」的詩，真覺物我雙忘了。

好了，我也該下橋去了；春暉中學校還沒有看見呢。彎了兩個彎兒，又過了一重橋。當面有山擋住去路；山旁只留着極狹極狹的小徑。挨着小徑，抹過山角，豁然開朗；春暉的校舍和歷落的幾處人家，都已在望了。遠遠看去，房屋的佈置頗疏散有致，決無擁擠、局促之感。我緩緩走到校前，白馬湖的水也跟我緩緩地流着。我碰着丏尊[②]先生。他引我過了一座水門汀的橋，便到了校裏。校裏最多的是湖，三面潺潺地流着；其次是草地，看過去芊芊的一片。我是常住城市的人，到了這種空曠的地方，有莫名的喜悅！鄉下人初進城，往往有許多的驚異，供給笑話的材料；我這城裏人下鄉，卻也有許多的驚異 —— 我的可笑，或者竟不下於初進城的鄉下人。閒言少敘，且說校裏的房屋、格式、佈置固然疏落有味，便是裏面的用具，也無一不顯出巧妙的匠意；決無笨伯的手澤。晚上我到幾位同事家去看，壁上有書有畫，佈置井井，令人耐坐。這種情形正與學校的佈置，自然界的佈置是一致的。美的一致，一致的美，是春暉給我的第一件禮物。

有話即長，無話即短，我到春暉教書，不覺已一個月

②　丏尊，即夏丏尊（1886 - 1946），名鑄，字勉旃，1912 年後改字丏尊，現代文學家、語文學家。

了。在這一個月裏，我雖然只在春暉登了十五日（我在寧波四中兼課），但覺甚是親密。因為在這裏，真能夠無町畦。我看不出甚麼界線，因而也用不着甚麼防備，甚麼顧忌；我只照我所喜歡的做就是了。這就是自由了。從前我到別處教書時，總要做幾個月的「生客」，然後才能坦然。對於「生客」的猜疑，本是原始社會的遺形物，其故在於不相知。這在現社會，也不能免的。但在這裏，因為沒有層疊的歷史，又結合比較的單純，故沒有這種習染。這是我所深願的！這裏的教師與學生，也沒有甚麼界限。在一般學校裏，師生之間往往隔開一無形界限，這是最足減少教育效力的事！學生對於教師，「敬鬼神而遠之」；教師對於學生，爾為爾，我為我，休戚不關，理亂不聞！這樣兩橛的形勢，如何說得到人格感化？如何說得到「造成健全人格」？這裏的師生卻沒有這樣情形。無論何時，都可自由說話；一切事務，常常通力合作。校裏只有協治會而沒有自治會。感情既無隔閡，事務自然都開誠佈公，無所用其躲閃。學生因無須矯情飾偽，故甚活潑有意思。又因能順全天性，不遭壓抑；加以自然界的陶冶；故趣味比較純正。—— 也有太隨便的地方，如有幾個人上課時喜歡談閒天，有幾個人喜歡吐痰在地板上，但這些總容易矯正的。—— 春暉給我的第二件禮物是真誠，一致的真誠。

春暉是在極幽靜的鄉村地方，往往終日看不見一個外人！寂寞是小事；在學生的修養上卻有了問題。現在的生活中心，是城市而非鄉村。鄉村生活的修養能否適應城市的生活，這是一個問題。此地所說適應，只指兩種意思：一是抵

抗誘惑，二是應付環境 ── 明白些說，就是應付人，應付物。鄉村誘惑少，不能養成定力；在鄉村是好人的，將來入城市做事，或者竟抵擋不住。從前某禪師在山中修道，道行甚高；一旦入鬧市，「看見粉白黛綠，心便動了」。這話看來有理，但我以為其實無妨。就一般人而論，抵抗誘惑的力量大抵和性格、年齡、學識、經濟力等有「相當」的關係。除經濟力與年齡外，性格、學識，都可用教育的力量提高它，這樣增加抵抗誘惑的力量。提高的意思，說得明白些，便是以高等的趣味替代低等的趣味；養成優良的習慣，使不良的動機不容易有效。用了這種方法，學生達到高中畢業的年齡，也總該有相當的抵抗力了；入城市生活又何妨？（不及初中畢業時者，因初中畢業，仍須續入高中，不必自己掙扎，故不成問題。）有了這種抵抗力，雖還有經濟力可以作祟，但也不能有大效。前面那禪師所以不行，一因他過的是孤獨的生活，故反動力甚大，一因他只知克制，不知替代；故外力一強，便「虎兕出於神[3]」了！這豈可與現在這裏學生的鄉村生活相提並論呢？至於應付環境，我以為應付物是小問題，可以隨時指導；而且這與鄉村、城市無大關係。我是城市的人，但初到上海，也曾因不會乘電車而跌了一跤，跌得皮破血流；這與鄉下諸公又差得幾何呢？若說應付人，無非是機心！甚麼「逢人只說三分話，未可全拋一

③　虎兕（sì）出於神，當是「虎兕出於柙」之誤。語出《論語·季氏》，喻惡力量失去管控。

片心」，便是代表的教訓。教育有改善人心的使命；這種機心，有無養成的必要，是一個問題。姑不論這個，要養成這種機心，也非到上海這種地方去不成；普通城市正和鄉村一樣，是沒有甚麼幫助的。凡以上所說，無非要使大家相信，這裏的鄉村生活的修養，並不一定不能適應將來城市的生活。況且我們還可以舉行旅行，以資調劑呢。況且城市生活的修養，雖自有它的好處；但也有流弊。如誘惑太多，年齡太小或性格未佳的學生，或者轉易陷溺 —— 那就不但不能磨練定力，反早早地將定力喪失了！所以城市生活的修養不一定比鄉村生活的修養有效。—— 只有一層，鄉村生活足以減少少年人的進取心，這卻是真的！

說到我自己，卻甚喜歡鄉村的生活，更喜歡這裏的鄉村的生活。我是在狹的籠的城市裏生長的人，我要補救這個單調的生活，我現在住在繁囂的都市裏，我要以閒適的境界調和它。我愛春暉的閒適！閒適的生活可說是春暉給我的第三件禮物！

我已說了我的「春暉的一月」；我說的都是我要說的話。或者有人說，讚美多而勸勉少，近乎「戲台裏喝彩」！假使這句話是真的，我要切實聲明：我的多讚美，必是情不自禁之故，我的少勸勉，或是觀察時期太短之故。

一九二四年四月十二日　夜

白種人——上帝的驕子！

導讀

　　本文有明顯的雜文筆法，最初發表於 1925 年 7 月 5 日《文學週報》第 180 期。以小見大、見微知著，是這篇散文寫作最大的特色。在電車裏被一個十來歲的西方小孩伸過臉來，看了「足有兩秒鐘」，竟引發了作者莫大的難堪和屈辱，從生活中許多時候常被別人忽視的小小細節出發，見出白種人對黃種人的歧視，並進而引發深沉的思考。真可謂「小題大做」，然而這也正是許多優秀的雜文別具一格、讓人印象深刻的奧妙。

　　這是 1924 年上海的一幕，中國還處於軍閥混戰的年代，外國人，尤其是西方帝國主義列強的子民在上海卻享有種種的特權，正因為白種人對黃種人的歧視無所不在，已經成為他們的傳統，一個完全融入日常生活的細節，才會引發作為黃種人的朱自清的空虛和憤怒。由此讀來，這個「小西洋人」無聲的挑釁，只不過是一個觸媒，觸發了朱自清因長久以來所感受到的來自白種人歧視的無比屈辱。積弱之國的子民心態，由此可見一斑。

　　文章最後兩段，展示的是朱自清的「矛盾」，卻恰恰見出他的敏銳和深刻。沒有這裏對這個小西洋人「可敬的地方」的簡略分析，文章儘管有力，卻會被淹沒在深深的偏激情緒之中。朱自清卻既由這裏開出反省，又對黃種人孩子發出熱切的激勵。

去年暑假到上海，在一路電車的頭等裏，見一個大西洋人帶着一個小西洋人，相並地坐着。我不能確說他倆是英國人或美國人；我只猜他們是父與子。那小西洋人，那白種的孩子，不過十一二歲光景，看去是個可愛的小孩，引我久長的注意。他戴着平頂硬草帽，帽檐下端正地露着長圓的小臉。白中透紅的面頰，眼睛上有着金黃的長睫毛，顯出和平與秀美。我向來有種癖氣：見了有趣的小孩，總想和他親熱，做好同伴；若不能親熱，便隨時親近親近也好。在高等小學時，附設的初等裏，有一個養着烏黑的西髮^①的劉君，真是依人的小鳥一般；牽着他的手問他的話時，他只靜靜地微仰着頭，小聲兒回答——我不常看見他的笑容，他的臉老是那麼幽靜和真誠，皮下卻燒着親熱的火把。我屢次讓他到我家來，他總不肯；後來兩年不見，他便死了。我不能忘記他！我牽過他的小手，又摸過他的圓下巴。但若遇着陌生的小孩，我自然不能這麼做，那可有些窘了；不過也不要緊，我可用我的眼睛看他——一回，兩回，十回，幾十回！孩子大概不很注意人的眼睛，所以盡可自由地看，和看女人要遮遮掩掩的不同。我凝視過許多初會面的孩子，他們都不曾向我抗議；至多拉着同在的母親的手，或倚着她的膝頭，將眼看她兩看罷了。所以我膽子很大。這回在電車裏又發了老癖氣，我兩次三番地看那白種的孩子，小西洋人！

　　初時他不注意或者不理會我，讓我自由地看他。但看

① 西髮，民國時期流行的一種三七分的男式髮型。

了不幾回，那父親站起來了，兒子也站起來了，他們將到站了。這時意外的事來了。那小西洋人本坐在我的對面；走近我時，突然將臉盡力地伸過來了，兩隻藍眼睛大大地睜着，那好看的睫毛已看不見了；兩頰的紅也已褪了不少了。和平，秀美的臉一變而為粗俗，兇惡的臉了！他的眼睛裏有話：「咄！黃種人，黃種的支那人，你——你看吧！你配看我！」他已失了天真的稚氣，臉上滿佈着橫秋的老氣了！我因此寧願稱他為「小西洋人」。他伸着臉向我足有兩秒鐘；電車停了，這才勝利地掉過頭，牽着那大西洋人的手走了。大西洋人比兒子似乎要高出一半；這時正注目窗外，不曾看見下面的事。兒子也不去告訴他，只獨斷獨行地伸他的臉；伸了臉之後，便又若無其事的，始終不發一言——在沉默中得着勝利，凱旋而去。不用說，這在我自然是一種襲擊，「出其不意，攻其不備」的襲擊！

這突然的襲擊使我張皇失措；我的心空虛了，四面的壓迫很嚴重，使我呼吸不能自由。我曾在 N 城的一座橋上，遇見一個女人，我偶然地看她時，她卻垂下了長長的黑睫毛，露出老練和鄙夷的神色。那時我也感着壓迫和空虛，但比起這一次，就稀薄多了：我在那小西洋人兩顆槍彈似的眼光之下，茫然地覺着有被吞食的危險，於是身子不知不覺地縮小——大有在奇境中的阿麗思[2]的勁兒！我木木然目送那父與子下了電車，在馬路上開步走；那小西洋人竟未一回

---

[2]　阿麗思，愛麗絲的舊譯，《愛麗絲漫遊仙境》的女主角。

頭，斷然地去了。我這時有了迫切的國家之感！我做着黃種的中國人，而現在還是白種人的世界，他們的驕傲與踐踏當然會來的；我所以張皇失措而覺着恐怖者，因為那驕傲我的，踐踏我的，不是別人，只是一個十來歲的「白種的」孩子，竟是一個十來歲的白種的「孩子」！我向來總覺得孩子應該是世界的，不應該是一種，一國，一鄉，一家的。我因此不能容忍中國的孩子叫西洋人為「洋鬼子」。但這個十來歲的白種的孩子，竟已被揿入人種與國家的兩種定型裏了。他已懂得憑着人種的優勢和國家的強力，伸着臉襲擊我了。這一次襲擊實是許多次襲擊的小影，他的臉上便縮印着一部中國的外交史。他之來上海，或無多日，或已長久，耳濡目染，他的父親，親長，先生，父執，乃至同國，同種，都以驕傲踐踏對付中國人；而他的讀物也推波助瀾，將中國編派得一無是處，以長他自己的威風。所以他向我伸臉，決非偶然而已。

　　這是襲擊，也是侮蔑，大大的侮蔑！我因了自尊，一面感着空虛，一面卻又感着憤怒；於是有了迫切的國家之念。我要詛咒這小小的人！但我立刻恐怖起來了：這到底只是十來歲的孩子呢，卻已被傳統所埋葬；我們所日夜想望着的「赤子之心」，世界之世界（非某種人的世界，更非某國人的世界！），眼見得在正來的一代，還是毫無信息的！這是你的損失，我的損失，他的損失，世界的損失；雖然是怎樣渺小的一個孩子！但這孩子卻也有可敬的地方：他的從容，他的沉默，他的獨斷獨行，他的一去不回頭，都是力的表現，都是強者適者的表現。決不婆婆媽媽的，決不黏黏搭搭

的，一針見血，一刀兩斷，這正是白種人之所以為白種人。

我真是一個矛盾的人。無論如何，我們最要緊的還是看看自己，看看自己的孩子！誰也是上帝之驕子；這和昔日的王侯將相一樣，是沒有種的！

一九二五年六月十九日　夜

白馬湖

　　1924 年 3 月至 1925 年 6 月，在白馬湖邊的春暉中學，朱自清度過了自己青年時代難忘的一年。散文《春暉的一月》表達的是初來乍到的欣喜和對未來的展望，《白馬湖》則是離開三年之後的美好回憶，文章第一段和最後一段，都特意標明了這種回想的心情。

　　《春暉的一月》寫的是校園生活，《白馬湖》則着重介紹和回憶這一片湖泊，各自都十分名實相符，看得出朱自清為文時命題的精心。《白馬湖》一文，首先介紹了白馬湖的地點及全景，繼之寫和夏丏尊一家的交往，白馬湖的黃昏，最後集中寫白馬湖的春日和夏夜，都是這一年生活中印象深刻的白馬湖之人和白馬湖之景。白馬湖黃昏的水光、輕風和歸鳥，黃昏時的微醺，春日的楊柳和桃花，夏夜成千成百的螢火……白馬湖的人事和景致，在此時已處身清華園的作者筆下，無不透漏出寂靜鄉居生活的閒適、悠然的風味。整篇文章，就縈繞着這種回憶的氛圍和情緒，在舒緩從容的刻畫之中，回憶與懷戀的情緒慢慢氤氳。這一切，極其含蓄淡泊，綿長的思緒，在朱自清筆下顯得十分美好，又異常的克制。這是《白馬湖》一文特殊的風韻。

今天是個下雨的日子。這使我想起了白馬湖；因為我第一回到白馬湖，正是微風飄蕭的春日。

白馬湖在甬紹鐵道的驛亭站，是個極小極小的鄉下地方。在北方說起這個名字，管保一百個人一百個人不知道。但那卻是一個不壞的地方。這名字先就是一個不壞的名字。據說從前（宋時？）有個姓周的騎白馬入湖仙去，所以有這個名字。這個故事也是一個不壞的故事。假使你樂意搜集，或也可編成一本小書，交北新書局印去。

白馬湖並非圓圓的或方方的一個湖，如你所想到的，這是曲曲折折大大小小許多湖的總名。湖水清極了，如你所能想到的，一點兒不含糊像鏡子。沿鐵路的水，再沒有比這裏清的，這是公論。遇到旱年的夏季，別處湖裏都長了草，這裏卻還是一清如故。白馬湖最大的，也是最好的一個，便是我們住過的屋的門前那一個。那個湖不算小，但湖口讓兩面的山包抄住了。外面只見微微的碧波而已，想不到有那麼大的一片。湖的盡裏頭，有一個三四十戶人家的村落，叫做西徐嶴，因為姓徐的多。這村落與外面本是不相通的，村裏人要出來得撐船。後來春暉中學在湖邊造了房子，這才造了兩座玲瓏的小木橋，築起一道煤屑路，直通到驛亭車站。那是窄窄的一條人行路，蜿蜒曲折的，路上雖常不見人，走起來卻不見寂寞 —— 尤其在微雨的春天，一個初到的來客，他左顧右盼，是只有覺得熱鬧的。

春暉中學在湖的最勝處，我們住過的屋也相去不遠，是半西式。湖光山色從門裏從牆頭進來，到我們窗前、桌上。我們幾家接連着；丏翁的家最講究。屋裏有名人字畫，有古

瓷，有銅佛，院子裏滿種着花。屋子裏的陳設又常常變換，給人新鮮的受用。他有這樣好的屋子，又是好客如命，我們便不時地上他家裏喝老酒。丏翁夫人的烹調也極好，每回總是滿滿的盤碗拿出來，空空的收回去。白馬湖最好的時候是黃昏。湖上的山籠着一層青色的薄霧，在水面映着參差的模糊的影子。水光微微地暗淡，像是一面古銅鏡。輕風吹來，有一兩縷波紋，但隨即平靜了。天上偶見幾隻歸鳥，我們看着牠們越飛越遠，直到不見為止。這個時候便是我們喝酒的時候。我們說話很少；上了燈話才多些，但大家都已微有醉意。是該回家的時候了。若有月光也許還得徘徊一會；若是黑夜，便在暗裏摸索醉着回去。

　　白馬湖的春日自然最好。山是青得要滴下來，水是滿滿的、軟軟的。小馬路的兩邊，一株間一株地種着小桃與楊柳。小桃上各綴着幾朵重瓣的紅花，像夜空的疏星。楊柳在暖風裏不住地搖曳。在這路上走着，時而聽見銳而長的火車的笛聲是別有風味的。在春天，不論是晴是雨，是月夜是黑夜，白馬湖都好。——雨中田裏菜花的顏色最早鮮豔；黑夜雖甚麼不見，但可靜靜地受用春天的力量。夏夜也有好處，有月時可以在湖裏划小船，四面滿是青靄。船上望別的村莊，像是蜃樓海市，浮在水上，迷離惝恍的；有時聽見人聲或犬吠，大有世外之感。若沒有月呢，便在田野裏看螢火。那螢火不是一星半點的，如你們在城中所見；那是成千成百的螢火。一片兒飛出來，像金線網似的，又像耍着許多火繩似的。只有一層使我憤恨。那裏水田多，蚊子太多，而且幾乎全閃閃爍爍是瘧蚊子。我們一家都染了瘧疾，至今三四年

了，還有未斷根的。蚊子多足以減少露坐夜談或划船夜遊的興致，這未免是美中不足了。

離開白馬湖是三年前的一個冬日。前一晚「別筵」上，有丏翁與雲君，我不能忘記丏翁，那是一個真摯豪爽的朋友。但我也不能忘記雲君，我應該這樣說，那是一個可愛的——孩子。

七月十四日　北平

背 影

◖ 導讀

　　《背影》是朱自清的名作，作於 1925 年 10 月。李廣田在《最完整的人格 —— 哀念朱自清先生》（1948 年）一文中説：「由於這篇短文被選為中學國文教材，在中學生心目中，『朱自清』三個字已經和《背影》成為不可分的一體。」和 1924 年出版的第一本詩文集《蹤跡》裏的七篇散文像《匆匆》、《綠》等比起來，《背影》明顯變得樸實、自然，沒有過多修辭技巧的運用，沒有一點炫技的成分，是朱自清散文創作中一個明顯的變化。

　　「那年冬天」是指八年前的 1917 年冬，在徐州任煙酒公賣局長的父親卸職了，在北京大學哲學系讀書的朱自清趕至徐州，父子倆一起回揚州為祖母奔喪。文章從這裏寫起，起因卻是文末提及的父親來信。不雕琢、不炫技，文章結構的安排卻是講究的、清晰的。短短的分別，朱自清卻呈現了一個曲折的心理變化過程，看着老父親為自己操持一切，「總覺他説話不大漂亮」，「我心裏暗笑他的迂」，是二十歲年輕人的心理。及至看到父親蹣跚的背影，以及八年後想及父親，卻終於三次流淚。《背影》打動人的，就是這種真實、樸素、自然的感情，這種蘊涵在完全家常性的、純粹口語化語言之中的深摯情感。

　　散文集《背影》1928 年 10 月由上海開明書店出版，出版後書店將書寄至朱自清揚州老家，其父朱小坡先生讀了，大感欣慰。

　　我與父親不相見已二年餘了，我最不能忘記的是他的背影。那年冬天，祖母死了，父親的差使也交卸了，正是禍不單行的日子，我從北京到徐州，打算跟着父親奔喪回家。到徐州見着父親，看見滿院狼藉的東西，又想起祖母，不禁簌簌地流下眼淚。父親說，「事已如此，不必難過，好在天無絕人之路！」

　　回家變賣典質，父親還了虧空；又借錢辦了喪事。這些日子，家中光景很是慘淡，一半為了喪事，一半為了父親賦閒。喪事完畢，父親要到南京謀事，我也要回北京唸書，我們便同行。

　　到南京時，有朋友約去遊逛，勾留了一日；第二日上午便須渡江到浦口，下午上車北去。父親因為事忙，本已說定不送我，叫旅館裏一個熟識的茶房陪我同去。他再三囑咐茶房，甚是仔細。但他終於不放心，怕茶房不妥帖；頗躊躇了一會。其實我那年已二十歲，北京已來往過兩三次，是沒有甚麼要緊的了。他躊躇了一會，終於決定還是自己送我去。我兩三回勸他不必；他只說，「不要緊，他們去不好！」

　　我們過了江，進了車站。我買票，他忙着照看行李。行李太多了，得向腳夫行些小費，才可過去。他便又忙着和他們講價錢。我那時真是聰明過分，總覺他說話不大漂亮，非自己插嘴不可。但他終於講定了價錢；就送我上車。他給我揀定了靠車門的一張椅子；我將他給我做的紫毛大衣鋪好坐位。他囑我路上小心，夜裏警醒些，不要受涼。又囑託茶房好好照應我。我心裏暗笑他的迂；他們只認得錢，託他們真是白託！而且我這樣大年紀的人，難道還不能料理自己麼？

唉，我現在想想，那時真是太聰明了！

我說道，「爸爸，你走吧。」他望車外看了看，説，「我買幾個橘子去。你就在此地，不要走動。」我看那邊月台的柵欄外有幾個賣東西的等着顧客。走到那邊月台，須穿過鐵道，須跳下去又爬上去。父親是一個胖子，走過去自然要費事些。我本來要去的，他不肯，只好讓他去。我看見他戴着黑布小帽，穿着黑布大馬褂，深青布棉袍，蹣跚地走到鐵道邊，慢慢探身下去，尚不大難。可是他穿過鐵道，要爬上那邊月台，就不容易了。他用兩手攀着上面，兩腳再向上縮；他肥胖的身子向左微傾，顯出努力的樣子。這時我看見他的背影，我的淚很快地流下來了。我趕緊拭乾了淚，怕他看見，也怕別人看見。我再向外看時，他已抱了朱紅的橘子望回走了。過鐵道時，他先將橘子散放在地上，自己慢慢爬下，再抱起橘子走。到這邊時，我趕緊去攙他。他和我走到車上，將橘子一股腦兒放在我的皮大衣上。於是撲撲衣上的泥土，心裏很輕鬆似的，過一會説，「我走了；到那邊來信！」我望着他走出去。他走了幾步，回過頭看見我，説，「進去吧，裏邊沒人。」等他的背影混入來來往往的人裏，再找不着了，我便進來坐下，我的眼淚又來了。

近幾年來，父親和我都是東奔西走，家中光景是一日不如一日。他少年出外謀生，獨力支持，做了許多大事。那知老境卻如此頹唐！他觸目傷懷，自然情不能自已。情鬱於中，自然要發之於外；家庭瑣屑便往往觸他之怒。他待我漸漸不同往日。但最近兩年的不見，他終於忘卻我的不好，只是惦記着我，惦記着我的兒子。我北來後，他寫了一

信給我，信中說道，「我身體平安，惟膀子疼痛利害，舉箸提筆，諸多不便，大約大去之期不遠矣。」我讀到此處，在晶瑩的淚光中，又看見那肥胖的，青布棉袍，黑布馬褂的背影。唉！我不知何時再能與他相見！

一九二五年十月　北京

海行雜記

導讀

　　這是一篇詳盡的寫實文章，它完全來自個人豐富的現實生活體驗，其核心就是刻畫輪船裏茶房的「性格惡」，字裏行間對這羣也是混跡於社會下層的民眾，充滿了深刻的不信任甚至憎惡。從這點來說，它與魯迅着意改造國民性的小說和雜文，有着精神上的共通。收入散文集《背影》。

　　作者以一個親歷者又是旁觀者的角度，細緻地打量輪船茶房這個羣體。我們說《白種人 —— 上帝的驕子！》一文是以小見大、見微知著，《海行雜記》則不同，它只緊盯着茶房這個特定的羣體，文中第三段最後一句話，還特意提醒讀者莫將茶房自身的責任推到社會及道德觀念等原因上去另作生發。這是典型的就事論事、抓住一點不計其餘的寫法，這樣才真正成就了這一篇「詛茶房文」。

　　「我是乘船既多，受侮不少」，文中有不少像這樣毫無雕琢的大實話。行文老實，樸素是一方面，誇張、漫畫化又是另一方面，《海行雜記》將兩者水乳交融地結合在一起。文中前後兩次這麼描摹茶房的語言「啥事體啦？哇啦哇啦的！、啥事體啦？哇啦啦！」，以及文中多次的引用，都是這種滑稽化的寫法，既形象生動，讓人忍俊不禁，又入木三分地刻畫出茶房的可恨嘴臉，顯示出朱自清描摹人物行狀的高超手腕。

　　這回從北京南歸，在天津搭了通州輪船，便是去年曾
被盜劫的。盜劫的事，似乎已很渺茫；所怕者船上的骯髒，
實在令人不堪耳。這是英國公司的船；這樣的骯髒似乎盡夠
玷污了英國國旗的顏色。但英國人說：這有甚麼呢？船原
是給中國人乘的，骯髒是中國人的自由，英國人管得着！英
國人要乘船，會去坐在大菜間裏，那邊看看是甚麼樣子？那
邊，官艙以下的中國客人是不許上去的，所以就好了。是
的，這不怪同船的幾個朋友要罵這隻船是「帝國主義」的船
了。「帝國主義的船」！我們到底受了些甚麼「壓迫」呢？
有的，有的！

　　我現在且說茶房吧。

　　我若有常常恨着的人，那一定是寧波的茶房了。他們
的地盤，一是輪船，二是旅館。他們的團結，是宗法社會而
兼梁山泊式的；所以未可輕侮，正和別的「寧波幫」一樣。
他們的職務本是照料旅客；但事實正好相反，旅客從他們得
着的只是侮辱，恫嚇，與欺騙罷了。中國原有「行路難」之
歎，那是因交通不便的緣故；但在現在便利的交通之下，
即老於行旅的人，也還時時發出這種歎聲，這又為甚麼呢？
茶房與碼頭工人之艱於應付，我想比僅僅的交通不便，有時
更顯其「難」吧！所以從前的「行路難」是唯物的；現在的
卻是唯心的。這固然與社會的一般秩序及道德觀念有多少關
係，不能全由當事人負責任；但當事人的「性格惡」實也佔
着一個重要的地位的。

　　我是乘船既多，受侮不少，所以姑說輪船裏的茶房。你
去定艙位的時候，若遇着乘客不多，茶房也許會冷臉相迎；

若乘客擁擠，你可就倒楣了。他們或者別轉臉，不來理你；或者用一兩句比刀子還尖的話，打發你走路——譬如說：「等下趟吧。」他說得如此輕鬆，憑你急死了也不管。大約行旅的人總有些異常，臉上總有一副着急的神氣。他們是以逸待勞的，樂得和你開開頑笑^①，所以一切反應總是懶懶的，冷冷的；你愈急，他們便愈樂了。他們於你也並無仇恨，只想玩弄玩弄，尋尋開心罷了，正和太太們玩弄叭兒狗一樣。所以你記着：上船定艙位的時候，千萬別先高聲呼喚茶房。你不是急於要找他們說話麼？但是他們先得訓你一頓，雖然只是低低的自言自語：「啥事體啦？哇啦哇啦的！」接着才響聲說，「噢，來哉，啥事體啦？」你還得記着：你的話說得愈慢愈好，愈低愈好；不要太客氣，也不要太不客氣。這樣你便是門檻裏的人，便是內行；他們固然不見得歡迎你，但也不會玩弄你了。——只冷臉和你簡單說話；要知道這已算承蒙青眼，應該受寵若驚的了。

定好了艙位，你下船是愈遲愈好；自然，不能過了開船的時候。最好開船前兩小時或一小時到船上，那便顯得你是一個有「涵養工夫」的，非急莘莘的「阿木林」^②可比了。而且茶房也得上岸去辦他自己的事，去早了倒絆住了他；他雖然可託同伴代為招呼，但總之麻煩了。為了客人而麻煩，在他們是不值得，在客人是不必要；所以客人便只好受「阿木

---

① 頑笑，同「玩笑」。

② 阿木林，方言。指容易上當受騙的人，外行，傻瓜。

林」的待遇了。有時船於明早十時開行，你今晚十點上去，以為晚上總該合式了；但也不然。晚上他們要打牌，你去了足以擾亂他們的清興；他們必也恨恨不平的。這其間有一種「分」，一種默喻的「規矩」，有一種「門檻經」，你得先做若干次「阿木林」，才能應付得「恰到好處」呢。

開船以後，你以為茶房閒了，不妨多呼喚幾回。你若真這樣做時，又該受教訓了。茶房日裏要談天，料理私貨；晚上要抽大煙，打牌哪有閒工夫來伺候你！他們早上給你舀一盆臉水，日裏給你開飯，飯後給你擰手巾；還有上船時給你攤開鋪蓋，下船時給你打起鋪蓋：好了，這已經多了，這已經夠了。此外若有特別的事要他們做時，那只算是額外效勞。你得自己走出艙門，慢慢地叫着茶房，慢慢地和他說，他也會照你所說的做，而不加損害於你。最好是預先打聽了兩個茶房的名字，到這時候悠然叫着，那是更其有效的。但要叫得大方，彷彿很熟悉的樣子，不可有一點訥訥。叫名字所以更其有效者，被叫者覺得你有意和他親近（結果酒資不會少給），而別的茶房或竟以為你與這被叫者本是熟悉的，因而有了相當的敬意；所以你第二次第三次叫時，別人往往會幫着你叫的。但你也只能偶爾叫他們；若常常麻煩，他們將發見，你到底是「阿木林」而冒充內行，他們將立刻改變對你的態度了。至於有些人睡在鋪上高聲朗誦地叫着「茶房」的，那確似乎搭足了架子；在茶房眼中，其為「阿」字號無疑了。他們於是忿然地答應：「啥事體啦？哇啦啦！」但走來倒也會走來的。你若再多叫兩聲，他們又會說：「啥事體啦？茶房當山歌唱！」除非你真麻木，或真生了氣，你

大概總不願再叫他們了吧。

「子入太廟，每事問」，至今傳為美談。但你入輪船，最好每事不必問。茶房之怕麻煩，之懶惰，是他們的特徵；你問他們，他們或說不曉得，或故意和你開開玩笑，好在他們對客人們，除行李外，一切是不負責任的。大概客人們最普遍的問題，「明天可以到吧？」、「下午可以到吧？」一類。他們或隨便答覆，或說，「慢慢來好囉，總會到的。」或簡單地說，「早呢！」總是不得要領的居多。他們的話常常變化，使你不能確信；不確信自然不問了。他們所要的正是耳根清淨呀。

茶房在輪船裏，總是盤踞在所謂「大菜間」的吃飯間裏。他們常常圍着桌子閒談，客人也可插進一兩個去。但客人若是坐滿了，使他們無處可坐，他們便恨恨了；若在晚上，他們老實不客氣將電燈滅了，讓你們暗中摸索去吧。所以這吃飯間裏的桌子竟像他們專利的。當他們圍桌而坐，有幾個固然有話可談；有幾個卻連話也沒有，只默默坐着，或者在打牌。我似乎為他們覺着無聊，但他們也就這樣過去了。他們的臉上充滿了倦怠，嘲諷，麻木的氣分，彷彿下工夫練就了似的。最可怕的就是這滿臉：所謂「訑訑[3]然拒人於千里之外」者，便是這種臉了。晚上映着電燈光，多少遮過了那灰滯的顏色；他們也開始有了些生氣。他們搭了鋪抽大煙，或者拖開桌子打牌。他們抽了大煙，漸有笑語；他們打

③ 訑（yí）訑，自滿自足的樣子。

牌，往往通宵達旦 —— 牌聲，爭論聲充滿那小小的「大菜間」裏。客人們，尤其是抱了病，可睡不着了；但於他們有甚麼相干呢？活該你們洗耳恭聽呀！他們也有不抽大煙，不打牌的，便搬出香煙畫片來一張張細細賞玩：這卻是「雅人深致」了。

我說過茶房的團結是宗法社會而兼梁山泊式的，但他們中間仍不免時有戰氛。濃郁的戰氛在船裏是見不着的；船裏所見，只是輕微淡遠的罷了。「唯口出好興戎」，茶房的口，似乎很值得注意。他們的口，一例是練得極其尖刻的；一面自然也是地方性使然。他們大約是「寧可輸在腿上，不肯輸在嘴上」。所以即使是同伴之間，往往因為一句有意的或無意的，不相干的話，動了真氣，掄眉豎目的恨恨半天而不已。這時臉上全失了平時冷靜的顏色，而換上熱烈的猙獰了。但也終於只是口頭「恨恨」而已，真個拔拳來打，舉腳來踢的，倒也似乎沒有。語云，「君子動口，小人動手」；茶房們雖有所爭乎，殆仍不失為君子之道也。有人說，「這正是南方人之所以為南方人」，我想，這話也有理。茶房之於客人，雖也「不肯輸在嘴上」，但全是玩弄的態度，動真氣的似乎很少；而且你愈動真氣，他倒愈可以玩弄你。這大約因為對於客人，是以他們的團體為靠山的；客人總是孤單的多，他們「倚眾欺」起來，不怕你不就範的：所以用不着動真氣。而且萬一吃了客人的虧，那也必是許多同伴陪着他同吃的，不是一個人失了面子；又何必動真氣呢？克實說來，客人要他們動真氣，還不夠資格哪！至於他們同伴間的爭執，那才是切身的利害，而且單槍匹馬做去，毫無可恃的現

成的力量；所以便是小題，也不得不大做了。

茶房若有向客人微笑的時候，那必是收酒資的幾分鐘了。酒資的數目照理雖無一定，但卻有不成文的譜。你按着譜斟酌給與，雖也不能得着一聲「謝謝」，但言語的壓迫是不會來的了。你若給得太少，離譜太遠，他們會始而嘲你，繼而罵你，你還得加錢給他們；其實既受了罵，大可以不加的了，但事實上大多數受罵的客人，懾於他們的威勢，總是加給他們的。加了以後，還得聽許多嘮叨才罷。有一回，和我同船的一個學生，本該給一元錢的酒資的，他只給了小洋四角。茶房狠狠力爭，終不得要領，於是說：「你好帶回去做車錢吧！」將錢向鋪上一摭，忿然而去。那學生後來終於添了一些錢重交給他；他這才默然拿走，面孔仍是板板的，若有所不屑然。——付了酒資，便該打鋪蓋了；這時仍是要慢慢來的，一急還是要受教訓，雖然你已給過酒資了。鋪蓋打好以後，茶房的壓迫才算是完了，你再預備受碼頭工人和旅館茶房的壓迫吧。

我原是聲明了敍述通州輪船中事的，但卻做了一首「詛茶房文」；在這裏，我似乎有些自己矛盾。不，「天下老鴉一般黑」，我們若很謹慎地將這句話只用在各輪船裏的寧波茶房身上，我想是不會悖謬的。所以我雖就一般立說，通州輪船的茶房卻已包括在內；特別指明與否，是無關重要的。

一九二六年七月　白馬湖

荷塘月色

導讀

    《荷塘月色》是中國現代文學史上真正的抒情美文。中國讀者大多是通過《荷塘月色》領略朱自清抒情散文唯美的韻致。在清華大學當時朱自清先生散步的這個荷塘旁邊，如今立起了朱自清先生的全身塑像。

    文章前三段，是朱自清散文慣有的樸實自然的敍述語調，交代了荷塘月下散步的緣由、經過和心境。第四段、第五段正式分別轉入對荷塘和月色的描繪，則一轉而為極其柔美、抒情、精緻的文字。「曲曲折折」、「田田」、「亭亭」、「層層」、「一粒粒」、「星星」、「縷縷」、「密密」、「脈脈」，寫荷塘這個短短二百字的段落，接連用了九個疊音詞，中間還夾雜了排比、比喻、通感等多種修辭手法，不能不說是現代散文美的極致！寫月色的第四段，同樣充分運用比喻和通感，文字同樣蘊涵着奇妙的、內在的、音樂般的節奏。結尾兩段契合身邊氛圍和景物的引用，則給文章增加了一絲人文的氛圍和情懷。朱自清先生在這裏的創造，達到了一個令人驚歎的高度，極大豐富了現代漢語的彈性、密度和表現力。

    《荷塘月色》這樣的美文，讓人們對朱自清散文留下了唯美的印象。當時著名作家郁達夫就如此評價：「朱自清雖則是一個詩人，可是他的散文，仍能夠滿懷着一種詩意。」（《中國新文學大系·散文二集導言》）

這幾天心裏頗不寧靜。今晚在院子裏坐着乘涼，忽然想起日日走過的荷塘，在這滿月的光裏，總該另有一番樣子吧。月亮漸漸地升高了，牆外馬路上孩子們的歡笑，已經聽不見了；妻在屋裏拍着閏兒，迷迷糊糊地哼着眠歌。我悄悄地披了大衫，帶上門出去。

沿着荷塘，是一條曲折的小煤屑路。這是一條幽僻的路；白天也少人走，夜晚更加寂寞。荷塘四面，長着許多樹，蓊蓊鬱鬱的。路的一旁，是些楊柳，和一些不知道名字的樹。沒有月光的晚上，這路上陰森森的，有些怕人。今晚卻很好，雖然月光也還是淡淡的。

路上只我一個人，背着手踱着。這一片天地好像是我的；我也像超出了平常的自己，到了另一世界裏。我愛熱鬧，也愛冷靜；愛羣居，也愛獨處。像今晚上，一個人在這蒼茫的月下，甚麼都可以想，甚麼都可以不想，便覺是個自由的人。白天裏一定要做的事，一定要説的話，現在都可不理。這是獨處的妙處，我且受用這無邊的荷香月色好了。

曲曲折折的荷塘上面，彌望的是田田的葉子。葉子出水很高，像亭亭的舞女的裙。層層的葉子中間，零星地點綴着些白花，有裊娜地開着的，有羞澀地打着朵兒的；正如一粒粒的明珠，又如碧天裏的星星，又如剛出浴的美人。微風過處，送來縷縷清香，彷彿遠處高樓上渺茫的歌聲似的。這時候葉子與花也有一絲的顫動，像閃電般，霎時傳過荷塘的那邊去了。葉子本是肩並肩密密地挨着，這便宛然有了一道凝碧的波痕。葉子底下是脈脈的流水，遮住了，不能見一些顏色；而葉子卻更見風致了。

　　月光如流水一般，靜靜地瀉在這一片葉子和花上。薄薄的青霧浮起在荷塘裏。葉子和花彷彿在牛乳中洗過一樣；又像籠着輕紗的夢。雖然是滿月，天上卻有一層淡淡的雲，所以不能朗照；但我以為這恰是到了好處 —— 酣眠固不可少，小睡也別有風味的。月光是隔了樹照過來的，高處叢生的灌木，落下參差的斑駁的黑影，峭楞楞如鬼一般；彎彎的楊柳的稀疏的倩影，卻又像是畫在荷葉上。塘中的月色並不均勻；但光與影有着和諧的旋律，如梵婀玲[①]上奏着的名曲。

　　荷塘的四面，遠遠近近，高高低低都是樹，而楊柳最多。這些樹將一片荷塘重重圍住；只在小路一旁，漏着幾段空隙，像是特為月光留下的。樹色一例是陰陰的，乍看像一團煙霧；但楊柳的豐姿，便在煙霧裏也辨得出。樹梢上隱隱約約的是一帶遠山，只有些大意罷了。樹縫裏也漏着一兩點路燈光，沒精打采的，是渴睡人的眼。這時候最熱鬧的，要數樹上的蟬聲與水裏的蛙聲；但熱鬧是牠們的，我甚麼也沒有。

　　忽然想起採蓮的事情來了。採蓮是江南的舊俗，似乎很早就有，而六朝時為盛；從詩歌裏可以約略知道。採蓮的是少年的女子，她們是盪着小船，唱着艷歌去的。採蓮人不用說很多，還有看採蓮的人。那是一個熱鬧的季節，也是一個風流的季節。梁元帝《採蓮賦》裏說得好：

　　於是妖童媛女，盪舟心許；鷁首徐迴，兼傳羽杯；櫂將

---

① 　梵婀玲，英語小提琴（violin）的音譯。

移而藻掛，船欲動而萍開。爾其纖腰束素，遷延顧步；夏始春餘，葉嫩花初，恐沾裳而淺笑，畏傾船而斂裾。

可見當時嬉遊的光景了。這真是有趣的事，可惜我們現在早已無福消受了。

於是又記起《西洲曲》裏的句子：

採蓮南塘秋，蓮花過人頭。低頭弄蓮子，蓮子清如水。

今晚若有採蓮人，這兒的蓮花也算得「過人頭」了；只不見一些流水的影子，是不行的。這令我到底惦着江南了。

—— 這樣想着，猛一抬頭，不覺已是自己的門前；輕輕地推門進去，甚麼聲息也沒有，妻已睡熟好久了。

一九二七年七月　北京清華園

揚州的夏日

導讀

　　朱自清六歲時全家搬到揚州，直到他 1916 年十九歲時考入北京大學文預科為止，在揚州度過了他十餘年的青少年時代，對揚州的了解當然很深，他曾經寫過三篇關於揚州的散文《揚州的夏日》、《説揚州》、《我是揚州人》，這是第一篇。

　　題為《揚州的夏日》，文章並沒有刻意突出「夏日」，而是寫了瘦西湖一帶的景點，水上的三種船以及揚州的小點心，但在寫這三項內容時，都注意以夏天為背景，不直接寫夏日，在介紹和描繪景物之間，寥寥數語的點綴，比如「閒坐在堂上，可以永日」、「綠楊村的幌子，掛在綠楊樹上，隨風飄展」等，卻讓讀者從字裏行間感覺出揚州夏日的清涼、安靜和閒適，勾畫出了夏日揚州特殊的韻致。在對各處景點景物的介紹和描繪中，朱自清用筆十分細膩，同時又保持着其一貫的樸素自然。一些細節，比如法海寺的紅燒豬頭、人在水面划着「小划子」，「簡直像一首唐詩」等，也令人印象深刻。

　　揚州從隋煬帝以來，是詩人文士所稱道的地方；稱道的多了，稱道得久了，一般人便也隨聲附和起來。直到現在，你若向人提起揚州這個名字，他會點頭或搖頭說：「好地方！好地方！」特別是沒去過揚州而唸過些唐詩的人，在他心裏，揚州真像蜃樓海市一般美麗；他若唸過《揚州畫舫錄》一類書，那更了不得了。但在一個久住揚州像我的人，他卻沒有那麼多美麗的幻想，他的憎惡也許掩住了他的愛好；他也許離開了三四年並不去想它。若是想呢，——你說他想甚麼？女人；不錯，這似乎也有名，但怕不是現在的女人吧？——他也只會想着揚州的夏日，雖然與女人仍然不無關係的。

　　北方和南方一個大不同，在我看，就是北方無水而南方有。誠然，北方今年大雨，永定河、大清河甚至決了堤防，但這並不能算是有水；北平的三海和頤和園雖然有點兒水，但太平衍了，一覽而盡，船又那麼笨頭笨腦的。有水的仍然是南方。揚州的夏日，好處大半便在水上——有人稱為「瘦西湖」，這個名字真是太「瘦」了，假西湖之名以行，「雅得這樣俗」，老實說，我是不喜歡的。下船的地方便是護城河，曼衍開去，曲曲折折，直到平山堂，——這是你們熟悉的名字——有七八里河道，還有許多杈杈椏椏的支流。這條河其實也沒有頂大的好處，只是曲折而有些幽靜，和別處不同。

　　沿河最著名的風景是小金山，法海寺，五亭橋；最遠的便是平山堂了。金山你們是知道的，小金山卻在水中央。在那裏望水最好，看月自然也不錯——可是我還不曾有過那

樣福氣。「下河」的人十之九是到這兒的，人不免太多些。法海寺有一個塔，和北海的一樣，據說是乾隆皇帝下江南，鹽商們連夜督促匠人造成的。法海寺著名的自然是這個塔；但還有一椿，你們猜不着，是紅燒豬頭。夏天吃紅燒豬頭，在理論上也許不甚相宜；可是在實際上，揮汗吃着，倒也不壞的。五亭橋如名字所示，是五個亭子的橋。橋是拱形，中一亭最高，兩邊四亭，參差相稱；最宜遠看，或看影子，也好。橋洞頗多，乘小船穿來穿去，另有風味。平山堂在蜀岡上。登堂可見江南諸山淡淡的輪廓；「山色有無中」一句話，我看是恰到好處，並不算錯。這裏遊人較少，閒坐在堂上，可以永日。沿路光景，也以閒寂勝。從天寧門或北門下船。蜿蜒的城牆，在水裏倒映着蒼黝的影子，小船悠然地撑過去，岸上的喧擾像沒有似的。

　　船有三種：大船專供宴遊之用，可以狎妓或打牌。小時候常跟了父親去，在船裏聽着謀得利洋行的唱片。現在這樣乘船的大概少了吧？其次是「小划子」，真像一瓣西瓜，由一個男人或女人用竹篙撑着。乘的人多了，便可僱兩隻，前後用小凳子跨着：這也可算得「方舟」了。後來又有一種「洋划」，比大船小，比「小划子」大，上支布篷，可以遮日遮雨。「洋划」漸漸地多，大船漸漸地少，然而「小划子」總是有人要的。這不獨因為價錢最賤，也因為它的伶俐。一個人坐在船中，讓一個人站在船尾上用竹篙一下一下地撑着，簡直是一首唐詩，或一幅山水畫。而有些好事的少年，願意自己撑船，也非「小划子」不行。「小划子」雖然便宜，卻也有些分別。譬如說，你們也可想到的，女人撑船總

要貴些；姑娘撐的自然更要貴囉。這些撐船的女子，便是有人說過的「瘦西湖上的船娘」。船娘們的故事大概不少，但我不很知道。據說以亂頭粗服，風趣天然為勝；中年而有風趣，也仍然算好。可是起初原是逢場作戲，或尚不傷廉惠；以後居然有了價格，便覺意味索然了。

北門外一帶，叫做下街，「茶館」最多，往往一面臨河。船行過時，茶客與乘客可以隨便招呼說話。船上人若高興時，也可以向茶館中要一壺茶，或一兩種「小籠點心」，在河中喝着，吃着，談着。回來時再將茶壺和所謂小籠，連價款一併交給茶館中人。撐船的都與茶館相熟，他們不怕你白吃。揚州的小籠點心實在不錯：我離開揚州，也走過七八處大大小小的地方，還沒有吃過那樣好的點心；這其實是值得惦記的。茶館的地方大致總好，名字也頗有好的。如香影廊，綠楊村，紅葉山莊，都是到現在還記得的。綠楊村的幌子，掛在綠楊樹上，隨風飄展，使人想起「綠楊城郭是揚州」的名句。裏面還有小池，叢竹，茅亭，景物最幽。這一帶的茶館佈置都歷落有致，迥非上海、北平方方正正的茶樓可比。

「下河」總是下午。傍晚回來，在暮靄朦朧中上了岸，將大褂摺好搭在腕上，一手微微搖着扇子；這樣進了北門或天寧門走回家中。這時候可以唸「又得浮生半日閒」那一句詩了。

看花

導讀

　　圍繞着看花這一個小小的線索，文章自然地串起了自童年到目前近三十年時光的記憶，但完全不露痕跡。也就是説，全部的文字都在寫看花，筆致不涉其餘，但讀至最後，卻讓讀者感知到一種回顧歲月的懷想和沉思，情緒是安靜而深沉的。文中數次提及的Y君，很可能是朱自清的同學、多年的至交俞平伯，與Y君有關的話題全部來自看花，卻無形中透漏出一種友誼的温情。這裏有父親、有童年頑劣的一伙，有同事、有至交，少年時看花，印象説及卻只有那賣花的姑娘。半生看花，牽記的其實還是人。這是這篇散文最為動人的地方。

　　本文寫看花本身，則更為高超、精彩。順次寫了栀子花、桃花、梅花、紫薇和海棠……有點記憶並非着重在花上，比如憶及孤山梅花，印象最深的是一個湖南人的口音。這樣的細節，流露出作者寫作時隨意適性的心態，也展露出文章本身搖曳生姿的風采。靈峯寺暗香浮動的梅花骨朵兒，北平繁盛無香卻偏偏醞釀出淡淡清香的海棠，花卉本身的美也足以讓瑣屑的日常生活記憶變得有意思，也讓人寬容。

　　《看花》一文，筆力集中，卻又靈動活潑，無拘無束，充滿言外之意。看花這個清晰的線索中，又點綴着大量細小卻熠熠生輝的細節。這是一篇樸素隨意卻又精緻玲瓏的小品文字，是真正的美文。

生長在大江北岸一個城市裏，那兒的園林本是著名的，但近來卻很少；似乎自幼就不曾聽見過「我們今天看花去」一類話，可見花事是不盛的。有些愛花的人，大都只是將花栽在盆裏，一盆盆擱在架上；架子橫放在院子裏。院子照例是小小的，只夠放下一個架子；架上至多擱二十多盆花罷了。有時院子裏依牆築起一座「花台」，台上種一株開花的樹；也有在院子裏地上種的。但這只是普通的點綴，不算是愛花。

家裏人似乎都不甚愛花；父親只在領我們上街時，偶然和我們到「花房」裏去過一兩回。但我們住過一所房子，有一座小花園，是房東家的。那裏有樹，有花架（大約是紫藤花架之類），但我當時還小，不知道那些花木的名字；只記得爬在牆上的是薔薇而已。園中還有一座太湖石堆成的洞門；現在想來，似乎也還好的。在那時由一個頑皮的少年僕人領了我去，卻只知道跑來跑去捉蝴蝶；有時掐下幾朵花，也只是隨意挼弄着，隨意丟棄了。至於領略花的趣味，那是以後的事：夏天的早晨，我們那地方有鄉下的姑娘在各處街巷，沿門叫着，「賣梔子花來。」梔子花不是甚麼高品，但我喜歡那白而暈黃的顏色和那肥肥的個兒，正和那些賣花的姑娘有着相似的韻味。梔子花的香，濃而不烈，清而不淡，也是我樂意的。我這樣便愛起花來了。也許有人會問，「你愛的不是花吧？」這個我自己其實也已不大弄得清楚，只好存而不論了。

在高小的一個春天，有人提議到城外 F 寺裏吃桃子去，而且預備白吃；不讓吃就鬧一場，甚至打一架也不在乎。那

時雖遠在「五四」運動以前，但我們那裏的中學生卻常有打進戲園看白戲的事。中學生能白看戲，小學生為甚麼不能白吃桃子呢？我們都這樣想，便由那提議人糾合了十幾個同學，浩浩蕩蕩地向城外而去。到了 F 寺，氣勢不凡地呵叱着道人們（我們稱寺裏的工人為道人），立刻領我們向桃園裏去。道人們躊躇着說：「現在桃樹剛才開花呢。」但是誰信道人們的話？我們終於到了桃園裏。大家都喪了氣，原來花是真開着呢！這時提議人 P 君便去折花。道人們是一直步步跟着的，立刻上前勸阻，而且用起手來。但 P 君是我們中最不好惹的；「說時遲，那時快」，一眨眼，花在他的手裏，道人已跟蹌在一旁了。那一園子的桃花，想來總該有些可看；我們卻誰也沒有想着去看。只嚷着，「沒有桃子，得沏茶喝！」道人們滿肚子委屈地引我們到「方丈」裏，大家各喝一大杯茶。這才平了氣，談談笑笑地進城去。大概我那時還只懂得愛一朵朵的栀子花，對於開在樹上的桃花，是並不了然的；所以眼前的機會，便從眼前錯過了。

以後漸漸唸了些看花的詩，覺得看花頗有些意思。但到北平讀了幾年書，卻只到過崇效寺一次；而去得又嫌早些，那有名的一株綠牡丹還未開呢。北平看花的事很盛，看花的地方也很多；但那時熱鬧的似乎也只有一班詩人名士，其餘還是不相干的。那正是新文學運動的起頭，我們這些少年，對於舊詩和那一班詩人名士，實在有些不敬；而看花的地方又都遠不可言，我是一個懶人，便乾脆地斷了那條心了。後來到杭州做事，遇見了 Y 君，他是新詩人兼舊詩人，看花的興致很好。我和他常到孤山去看梅花。孤山的梅花是古今

有名的，但太少；又沒有臨水的，人也太多。有一回坐在放鶴亭上喝茶，來了一個方面有鬚，穿着花緞馬褂的人，用湖南口音和人打招呼道，「梅花盛開嗒！」「盛」字說得特別重，使我吃了一驚；但我吃驚的也只是說在他嘴裏「盛」這個聲音罷了，花的盛不盛，在我倒並沒有甚麼的。

　　有一回，Y 來說，靈峯寺有三百株梅花；寺在山裏，去的人也少。我和 Y，還有 N 君，從西湖邊僱船到岳墳，從岳墳入山。曲曲折折走了好一會，又上了許多石級，才到山上寺裏。寺甚小，梅花便在大殿西邊園中。園也不大，東牆下有三間淨室，最宜喝茶看花；北邊有座小山，山上有亭，大約叫「望海亭」吧，望海是未必，但錢塘江與西湖是看得見的。梅樹確是不少，密密地低低地整列着。那時已是黃昏，寺裏只我們三個遊人；梅花並沒有開，但那珍珠似的繁星似的骨都兒[1]，已經夠可愛了；我們都覺得比孤山上盛開時有味。大殿上正做晚課，送來梵唄的聲音，和着梅林中的暗香，真叫我們捨不得回去。在園裏徘徊了一會，又在屋裏坐了一會，天是黑定了，又沒有月色，我們向廟裏要了一個舊燈籠，照着下山。路上幾乎迷了道，又兩次三番地狗咬；我們的 Y 詩人確有些窘了，但終於到了岳墳。船夫遠遠迎上來道：「你們來了，我想你們不會冤我呢！」在船上，我們還不離口地說着靈峯的梅花，直到湖邊電燈光照到我們的眼。

---

① 骨都兒，同「骨朵兒」，即花苞。

　　Y回北平去了，我也到了白馬湖。那邊是鄉下，只有沿湖與楊柳相間着種了一行小桃樹，春天花發時，在風裏嬌媚地笑着。還有山裏的杜鵑花也不少。這些日日在我們眼前，從沒有人像煞有介事地提議，「我們看花去。」但有一位 S 君，卻特別愛養花；他家裏幾乎是終年不離花的。我們上他家去，總看他在那裏不是拿着剪刀修理枝葉，便是提着壺澆水。我們常樂意看着。他院子裏一株紫薇花很好，我們在花旁喝酒，不知多少次。白馬湖住了不過一年，我卻傳染了他那愛花的嗜好。但重到北平時，住在花事很盛的清華園裏，接連過了三個春，卻從未想到去看一回。只在第二年秋天，曾經和孫三先生在園裏看過幾次菊花。「清華園之菊」是著名的，孫三先生還特地寫了一篇文，畫了好些畫。但那種一盆一幹一花的養法，花是好了，總覺沒有天然的風趣。直到去年春天，有了些餘閒，在花開前，先向人問了些花的名字。一個好朋友是從知道姓名起的，我想看花也正是如此。恰好 Y 君也常來園中，我們一天三四趟地到那些花下去徘徊。今年 Y 君忙些，我便一個人去。我愛繁花老幹的杏，臨風婀娜的小紅桃，貼梗纍纍如珠的紫荊；但最戀戀的是西府海棠。海棠的花繁得好，也淡得好；豔極了，卻沒有一絲蕩意。疏疏的高幹子，英氣隱隱逼人。可惜沒有趁着月色看過；王鵬運有兩句詞道：「只愁淡月朦朧影，難驗微波上下潮。」我想月下的海棠花，大約便是這種光景吧。為了海棠，前兩天在城裏特地冒了大風到中山公園去，看花的人倒也不少；但不知怎的，卻忘了幾輔先哲祠。Y 告我那裏的一株，遮住了大半個院子；別處的都向上長，這一株卻是橫裏

伸張的。花的繁沒有法説；海棠本無香，昔人常以為恨，這裏花太繁了，卻醞釀出一種淡淡的香氣，使人久聞不倦。Y告我，正是颳了一日還不息的狂風的晚上；他是前一天去的。他説他去時地上已有落花了，這一日一夜的風，準完了。他説北平看花，是要趕着看的：春光太短了，又晴的日子多；今年算是有陰的日子了，但狂風還是逃不了的。我説北平看花，比別處有意思，也正在此。這時候，我似乎不甚菲薄那一班詩人名士了。

一九三〇年四月

我所見的葉聖陶

◖ 導讀

　　本文寫於 1930 年，未發表，收入散文集《你我》。朱自清和葉聖陶是一生好友，都是溫文爾雅的謙謙君子。這是一篇兼具高度文學性和史料價值的散文作品。文中第二段說及的風潮發生在 1921 年 10 月底，朱自清、葉聖陶、劉延陵等中國公學中學部的新教員，受到舊派教員攻擊，朱自清提出停課，得到葉聖陶支持，後均被解聘，兩人來到杭州浙江省立第一師範，曾共處一室。在此文寫作之前，葉聖陶也發表過散文《與佩弦》（1925 年 9 月 27 日《文學週報》第 192 期），回憶了和朱自清在一起的往事，談到他們共處一室的情形。

　　在朱自清的筆下，葉聖陶有三個頗為明顯的特點：沉默、勤奮、戀家。為人沉默、隨和、天真而又有原則、不妥協，寫作時則自信而勤奮，兩個月內的創作成績，實屬驚人。在表現葉聖陶的與眾不同之處時，沒有誇張和雕琢，如實道來，並通過一個個細節揭示葉聖陶為人處世的風格，行文自然、樸實，而人物性格卻得到了鮮明的呈現，在一種聊家常的語氣中自然傳達出對老友的懷念和敬重。也正是這樣，這篇文章一方面緊緊抓住葉聖陶的這三個特點進行刻畫，又在對老友的回憶中，自然流露出他們心心相印的動人友情。

我第一次與聖陶見面是在民國十年的秋天。那時劉延陵兄介紹我到吳淞炮台灣中國公學教書。到了那邊，他就和我說：「葉聖陶也在這兒。」我們都唸過聖陶的小說，所以他這樣告我。我好奇地問道：「怎樣一個人？」出乎我的意外，他回答我：「一位老先生哩。」但是延陵和我去訪問聖陶的時候，我覺得他的年紀並不老，只那樸實的服色和沉默的風度與我們平日所想像的蘇州少年文人葉聖陶不甚符合罷了。

　　記得見面的那一天是一個陰天。我見了生人照例說不出話；聖陶似乎也如此。我們只談了幾句關於作品的泛泛的意見，便告辭了。延陵告訴我每星期六聖陶總回甪直去；他很愛他的家。他在校時常邀延陵出去散步；我因與他不熟，只獨自坐在屋裏。不久，中國公學忽然起了風潮。我向延陵說起一個強硬的辦法；── 實在是一個笨而無聊的辦法！── 我說只怕葉聖陶未必贊成。但是出乎我的意外，他居然贊成了！後來細想他許是有意優容我們吧；這真是老大哥的態度呢。我們的辦法天然是失敗了，風潮延宕下去；於是大家都住到上海來。我和聖陶差不多天天見面；同時又認識了西諦、予同諸兄。這樣經過了一個月；這一個月實在是我的很好的日子。

　　我看出聖陶始終是個寡言的人。大家聚談的時候，他總是坐在那裏聽着。他卻並不是喜歡孤獨，他似乎老是那麼有味地聽着。至於與人獨對的時候，自然多少要說些話；但辯論是不來的。他覺得辯論要開始了，往往微笑着說：「這個弄不大清楚了。」這樣就過去了。他又是個極和易的人，

輕易看不見他的怒色。他辛辛苦苦保存着的《晨報》副張，上面有他自己的文字的，特地從家裏捎來給我看；讓我隨便放在一個書架上，給散失了。當他和我同時發現這件事時，他只略露惋惜的顏色，隨即說：「由他去末哉，由他去末哉！」我是至今慚愧着，因為我知道他作文是不留稿的。他的和易出於天性，並非閱歷世故，矯揉造作而成。他對於世間妥協的精神是極厭恨的。在這一月中，我看見他發過一次怒；── 始終我只看見他發過這一次怒 ── 那便是對於風潮的妥協論者的蔑視。

風潮結束了，我到杭州教書。那邊學校當局要我約聖陶去。聖陶來信說：「我們要痛痛快快遊西湖，不管這是冬天。」他來了，教我上車站去接。我知道他到了車站這一類地方，是會覺得寂寞的。他的家實在太好了，他的衣着，一向都是家裏管。我常想，他好像一個小孩子；像小孩子的天真，也像小孩子的離不開家裏人。必須離開家裏人時，他也得找些熟朋友伴着；孤獨在他簡直是有些可怕的。所以他到校時，本來是獨住一屋的，卻願意將那間屋做我們兩人的臥室，而將我那間做書室。這樣可以常常相伴；我自然也樂意，我們不時到西湖邊去；有時下湖，有時只喝喝酒。在校時各據一桌，我只預備功課，他卻老是寫小說和童話。初到時，學校當局來看過他。第二天，我問他：「要不要去看看他們？」他皺眉道：「一定要去麼？等一天吧。」後來始終沒有去。他是最反對形式主義的。

那時他小說的材料，是舊日的儲積；童話的材料有時卻是片刻的感興。如《稻草人》中《大喉嚨》一篇便是。那

天早上，我們都醒在牀上，聽見工廠的汽笛；他便說：「今天又有一篇了，我已經想好了，來的真快呵。」那篇的藝術很巧，誰想他只是片刻的構思呢！他寫文字時，往往拈筆伸紙，便手不停揮地寫下去，開始及中間，停筆躊躇時絕少。他的稿子極清楚，每頁至多只有三五個塗改的字。他說他從來是這樣的。每篇寫畢，我自然先睹為快；他往往稱述結尾的適宜，他說對於結尾是有些把握的。看完，他立即封寄《小說月報》；照例用平信寄。我總勸他掛號；但他說：「我老是這樣的。」他在杭州不過兩個月，寫的真不少，教人羨慕不已。《火災》裏從《飯》起到《風潮》這七篇，還有《稻草人》中一部分，都是那時我親眼看他寫的。

在杭州待了兩個月，放寒假前，他便匆匆地回去了；他實在離不開家，臨去時讓我告訴學校當局，無論如何不回來了。但他卻到北平住了半年，也是朋友拉去的。我前些日子偶翻十一年[①]的《晨報副刊》，看見他那時途中思家的小詩，重唸了兩遍，覺得怪有意思。北平回去不久，便入了商務印書館編譯部，家也搬到上海。從此在上海待下去，直到現在 —— 中間又被朋友拉到福州一次，有一篇《將離》抒寫那回的別恨，是纏綿悱惻的文字。這些日子，我在浙江亂跑，有時到上海小住，他常請了假和我各處玩兒或喝酒。有一回，我便住在他家，但我到上海，總愛出門，因此他老說沒有能暢談；他寫信給我，老說這回來要暢談幾天才行。

① 十一年，指中華民國十一年。

　　十六年一月，我接眷北來，路過上海，許多熟朋友和我餞行，聖陶也在。那晚我們痛快地喝酒，發議論；他是照例地默着。酒喝完了，又去亂走，他也跟着。到了一處，朋友們和他開了個小玩笑；他臉上略露窘意，但仍微笑地默着。聖陶不是個浪漫的人；在一種意義上，他正是延陵所說的「老先生」。但他能了解別人，能諒解別人，他自己也能「作達」[②]，所以仍然 —— 也許格外 —— 是可親的。那晚快夜半了，走過愛多亞路，他向我誦周美成[③]的詞，「酒已都醒，如何消夜永！」我沒有說甚麼；那時的心情，大約也不能說甚麼的。我們到一品香又消磨了半夜。這一回特別對不起聖陶；他是不能少睡覺的人。他家雖住在上海，而起居還依着鄉居的日子；早七點起，晚九點睡。有一回我九點十分去，他家已熄了燈，關好門了。這種自然的，有秩序的生活是對的。那晚上伯祥說：「聖兄明天要不舒服了。」想起來真是不知要怎樣感謝才好。

　　第二天我便上船走了，一眨眼三年半，沒有上南方去。信也很少，卻全是我的懶。我只能從聖陶的小說裏看出他心境的遷變；這個我要留在另一文中說。聖陶這幾年裏似乎到十字街頭走過一趟，但現在怎麼樣呢？我卻不甚了然。他從前晚飯時總喝點酒，「以半醺為度」；近來不大能喝酒了，

---

② 作達，指放達。語出劉義慶《世說新語・任誕》：「阮渾長成，風氣韻度似父，亦欲作達。」

③ 周美成（1056－1121），即周邦彥，字美成，北宋末詞人。後引句出周邦彥小令《關河令》。

卻學了吹笛 —— 前些日子說已會一出《八陽》，現在該又會了別的了吧。他本來喜歡看看電影，現在又喜歡聽聽昆曲了。但這些都不是「厭世」，如或人所說的；聖陶是不會厭世的，我知道。又，他雖會喝酒，加上吹笛，卻不曾抽甚麼「上等的紙煙」，也不曾住過甚麼「小小別墅」，如或人所想的，這個我也知道。

一九三〇年七月　北平清華園

南 京

◖ 導讀

　　本文寫的是朱自清個人的南京印象，卻提供了不少可供從未到過南京的人們參考的有用的指南。文章在結構上似乎從未用心，就是這麼從豁蒙樓、台城、玄武湖、清涼山、莫愁湖、秦淮河、明故宮、雨花台、燕子磯、中山陵、省立圖書館、中央大學及南京小吃一路寫來，自己看來值得的寫完了，文章也就戛然而止。看似閒閒道來，無所用心，實則是揮灑自如，舉重若輕，是朱自清遊記固有的特點。各處分別寫來，寫完了，南京總體的印象、氣質其實也早已傳達給讀者了。朱自清用隨意、輕鬆的文字，不經意間就勾勒出了南京作為歷史文化名城的特殊底蘊和氣質。

　　「這些黑蝴蝶上下旋轉地飛，遠看像一根粗的圓柱子。」《南京》中時有這樣看似不經意、一筆帶過絕不發揮的精彩細節，也有不單純寫景點的文字，像父親談論貢院一節，內涵實則是懷念，寫秦淮河的今昔對比（1923 年朱自清寫有《槳聲燈影裏的秦淮河》一文）中也有深摯感歎存在，對於南京新名勝中山陵的描寫，是否也有一些微諷呢？這些都是值得讀者細細品味的。《南京》是印象記，但文字味如橄欖，經得起咀嚼。

南京是值得留連的地方，雖然我只是來來去去，而且又都在夏天。也想誇説誇説，可惜知道的太少；現在所寫的，只是一個旅行人的印象罷了。

逛南京像逛古董鋪子，到處都有些時代侵蝕的遺痕。你可以摩挲，可以憑弔，可以悠然遐想；想到六朝的興廢，王謝的風流，秦淮的豔跡。這些也許只是老調子，不過經過自家一番體貼，便不同了。所以我勸你上雞鳴寺去，最好選一個微雨天或月夜。在朦朧裏，才醞釀着那一縷幽幽的古味。你坐在一排明窗的豁蒙樓上，吃一碗茶，看面前蒼然蜿蜒着的台城。台城外明淨荒寒的玄武湖就像大滌子的畫。豁蒙樓一排窗子安排得最有心思，讓你看的一點不多，一點不少。寺後有一口灌園的井，可不是那陳後主和張麗華躲在一堆兒的「胭脂井」。那口胭脂井不在路邊，得破費點工夫尋覓。井欄也不在井上；要看，得老遠地上明故宮遺址的古物保存所去。

從寺後的園地，揀着路上台城；沒有垛子，真像平台一樣。踏在茸茸的草上，説不出的靜。夏天白晝有成羣的黑蝴蝶，在微風裏飛；這些黑蝴蝶上下旋轉地飛，遠看像一根粗的圓柱子。城上可以望南京的每一角。這時候若有個熟悉歷代形勢的人，給你指點，隋兵是從這角進來的，湘軍是從那角進來的，你可以想像異樣裝束的隊伍，打着異樣的旗幟，拿着異樣的武器，洶洶湧湧地進來，遠遠彷彿還有哭喊之聲。假如你記得一些金陵懷古的詩詞，趁這時候暗誦幾回，也可印證印證，許更能領略作者當日的情思。

從前可以從台城爬出去，到玄武湖邊；若是月夜，兩三個人，兩三個零落的影子，歪歪斜斜地挪移下去，夠多好。現在

可不成了，得出寺，下山，繞着大彎兒出城。七八年前，湖裏幾乎長滿了葦子，一味地荒寒，雖有好月光，也不大能照到水上；船又窄，又小，又漏，教人逛着愁着。這幾年大不同了，一出城，看見湖，就有煙水蒼茫之意；船也大多了，有藤椅子可以躺着。水中岸上都光光的；虧得湖裏有五個洲子點綴着，不然便一覽無餘了。這裏的水是白的，又有波瀾，儼然長江大河的氣勢，與西湖的靜綠不同，最宜於看月，一片空濛，無邊無界。若在微醺之後，迎着小風，似睡非睡地躺在藤椅上，聽着船底汩汩的波響與不知何方來的簫聲，真會教你忘卻身在哪裏。五個洲子似乎都局促無可看，但長堤宛轉相通，卻值得走走。湖上的櫻桃最出名。據說櫻桃熟時，遊人在樹下現買，現摘，現吃，談着笑着，多熱鬧的。

清涼山在一個角落裏，似乎人跡不多。掃葉樓的安排與豁蒙樓相彷彿，但窗外的景象不同。這裏是滴綠的山環抱着，山下一片滴綠的樹；那綠色真是撲到人眉宇上來。若許我再用畫來比，這怕像王石谷 ① 的手筆了。在豁蒙樓上不容易坐得久，你至少要上台城去看看。在掃葉樓上卻不想走；窗外的光景好像滿為這座樓而設，一上樓便甚麼都有了。夏天去確有一股「清涼」味。這裏與豁蒙樓全有素麵吃，又可口，又賤。

莫愁湖在華嚴庵裏。湖不大，又不能泛舟，夏天卻有荷花荷葉。臨湖一帶屋子，憑欄眺望，也頗有遠情。莫愁小

---

① 王石谷（1632－1717），即王翬，字石谷，清代著名畫家。晚年的山水畫，在簡練中求蒼茫，有「畫聖」之譽。

像，在勝棋樓下，不知誰畫的，大約不很古吧；但臉子開得秀逸之至，衣褶也柔活之至，大有「揮袖凌虛翔」的意思；若讓我題，我將毫不躊躇地寫上「仙乎仙乎」四字。另有石刻的畫像，也在這裏，想來許是那一幅畫所從出；但生氣反而差得多。這裏雖也臨湖，因為屋子深，顯得陰暗些；可是古色古香，陰暗得好。詩文聯語當然多，只記得王湘綺的半聯云：「莫輕他北地胭脂，看艇子初來，江南兒女無顏色。」氣概很不錯。所謂勝棋樓，相傳是明太祖與徐達下棋，徐達勝了，太祖便賜給他這一所屋子。太祖那樣人，居然也會做出這種雅事來了。左手臨湖的小閣卻敞亮得多，也敞亮得好。有曾國藩畫像，忘記是誰橫題着「江天小閣坐人豪」一句。我喜歡這個題句，「江天」與「坐人豪」，景象闊大，使得這屋子更加開朗起來。

秦淮河我已另有記。但那文裏所説的情形，現在已大變了。從前讀《桃花扇》、《板橋雜記》一類書，頗有滄桑之感；現在想到自己十多年前身歷的情形，怕也會有滄桑之感了。前年看見夫子廟前舊日的畫舫，那樣狼狽的樣子，又在老萬全酒棧看秦淮河水，差不多全黑了，加上巴掌大、透不出氣的所謂秦淮小公園，簡直有些厭惡，再別提做甚麼夢了。貢院原也在秦淮河上，現在早拆得只剩一點兒了。民國五年父親帶我去看過，已經荒涼不堪，號舍裏草都長滿了。父親曾經辦過江南闈差，熟悉考場的情形，説來頭頭是道。他説考生入場時，都有送場的，人很多，門口鬧嚷嚷的。天不亮就點名，搜夾帶。大家都歸號。似乎直到晚上，頭場題才出來，寫在燈牌上，由號軍扛着在各號裏走。所謂

「號」，就是一條狹長的胡同，兩旁排列着號舍，口兒上寫着甚麼天字號、地字號等等的。每一號舍之大，恰好容一個人坐着；從前人說是像轎子，真不錯。幾天裏吃飯，睡覺，做文章，都在這轎子裏；坐的伏的各有一塊硬板，如是而已。官號稍好一些，是給達官貴人的子弟預備的，但得補褂朝珠地入場，那時是夏秋之交，天還熱，也夠受的。父親又說，鄉試時場外有兵巡邏，防備通關節。場內也豎起黑幡，叫鬼魂們有冤報冤，有仇報仇；我聽到這裏，有點毛骨悚然。現在貢院已變成碎石路；在路上走的人，怕很少想起這些事情的了吧？

明故宮只是一片瓦礫場，在斜陽裏看，只感到李太白《憶秦娥》的「西風殘照，漢家陵闕」二語的妙。午門還殘存着，遙遙直對洪武門的城樓，有萬千氣象。古物保存所便在這裏，可惜規模太小，陳列得也無甚次序。明孝陵道上的石人石馬，雖然殘缺零亂，還可見泱泱大風；享殿並不巍峨，只陵下的隧道，陰森襲人，夏天在裏面待着，涼風沁人肌骨。這陵大概是開國時草創的規模，所以簡樸得很；比起長陵，差得真太遠了。然而簡樸得好。

雨花台的石子，人人皆知；但現在怕也揀不着甚麼了。那地方毫無可看。記得劉後村[2]的詩云：「昔年講師何處在，高台猶以『雨花』名。有時寶向泥尋得，一片山無草

---

② 劉後村（1187－1269），即劉克莊，字潛夫，號後村，南宋詩人、詞人、詩論家。所引詩出劉克莊詩《宿莊家》。

敢生。」我所感的至多也只如此。還有，前些年南京槍決囚人都在雨花台下，所以洋車夫遇見別的車夫和他爭先時，常說，「忙甚麼！趕雨花台去！」這和從前北京車夫說「趕菜市口兒」一樣。現在時移勢異，這種話漸漸聽不見了。

燕子磯在長江裏看，一片絕壁，危亭翼然，的確驚心動魄。但到了上邊，逼窄污穢，毫無可以盤桓之處。燕山十二洞，去過三個。只三台洞層層折折，由幽入明，別有匠心，可是也年久失修了。

南京的新名勝，不用說，首推中山陵。中山陵全用青白兩色，以象徵青天白日，與帝王陵寢用紅牆黃瓦的不同。假如紅牆黃瓦有富貴氣，那青琉璃瓦的享堂，青琉璃瓦的碑亭卻有名貴氣。從陵門上享堂，白石台階不知多少級，但爬得夠累的；然而你遠看，決想不到會有這麼多的台階兒。這是設計的妙處。德國波慈達姆 ③ 無愁宮前的石階，也同此妙。享堂進去也不小；可是遠處看，簡直小得可以，和那白石的飛階不相稱，一點兒壓不住，彷彿高個兒戴着小尖帽。近處山角裏一座陣亡將士紀念塔，粗粗的，矮矮的，正當着一個青青的小山峯，讓兩邊兒的山緊緊抱着，靜極，穩極。——譚墓沒去過，聽說頗有點丘壑。中央運動場也在中山陵近處，全仿外洋的樣子。全國運動會時，也不知有多少照相與描寫登在報上；現在是時髦的游泳的地方。

---

③　波慈達姆，波茨坦的舊譯，德國中東部城市，有十八世紀中葉建造的桑蘇西宮（一譯無愁宮）等古跡。

若要看舊書，可以上江蘇省立圖書館去。這在漢西門龍蟠里，也是一個角落裏。這原是江南圖書館，以丁丙 [④] 的善本書室藏書為底子；詞曲的書特別多。此外中央大學圖書館近年來也頗有不少書。中央大學是個散步的好地方。寬大，乾淨，有樹木；黃昏時去兜一個或大或小的圈兒，最有意思。後面有個梅庵，是那會寫字的清道人 [⑤] 的遺跡。這裏只是隨宜地用樹枝搭成的小小的屋子。庵前有一株六朝松，但據說實在是六朝檜；檜蔭遮住了小院子，真是不染一塵。

　　南京茶館裏乾絲很為人所稱道。但這些人必沒有到過鎮江、揚州，那兒的乾絲比南京細得多，又從來不那麼甜。我倒是覺得芝麻燒餅好，一種長圓的，剛出爐，既香，且酥，又白，大概各茶館都有。鹹板鴨才是南京的名產，要熱吃，也是香得好；肉要肥要厚，才有咬嚼。但南京人都說鹽水鴨更好，大約取其嫩，其鮮；那是冷吃的，我可不知怎樣，老覺得不大得勁兒。

一九三四年八月十二日

④　丁丙（1832－1899），字嘉魚，號松生，清代錢塘（今浙江杭州）人。熱心公益，終身不仕。杭州文瀾閣《四庫全書》因戰亂散失，丁丙與兄丁申四方搜尋。私人藏書豐富，其中「善本書室」是其藏書中的珍貴部分。

⑤　清道人，指李瑞清（1867－1920），字仲麟，號梅庵，晚號清道人。中國近現代教育、美術教育的先驅，現代水墨大師張大千即出其門下。梅庵是其任南京兩江優級師範監督時所建。

威尼斯

導讀

《威尼斯》是 1934 年開明書店出版的《歐遊雜記》第一篇，是 1931 年 8 月底至 1932 年 7 月底朱自清先生在英國為期一年的訪學生活的產物，寫於歸國的船上。

第一句話，就開宗明義揭示出「海中的城」威尼斯最大的特點：別致。後面各種風光、景點的描繪，都體現出這個特點。在整體寫了水城的交通和氛圍之後，用了最大的篇幅介紹了威尼斯城的聖馬克方場（聖馬可廣場）。介紹聖馬克堂的第一句，在交代了十一世紀、十四世紀、十七世紀等不同時期加上的建築裝飾之後，來了這麼一句：「這正是威尼斯人的漂亮勁兒。」這體現了一種自由自在穿行於歷史和現實之間的遊記寫法，緊接着對於取材於聖馬克方場的繪畫作品及方場建築的介紹，也都是這種寫法。可以看出為了寫作遊記，初到威尼斯的朱自清先生查閱了大量背景材料，才使得這篇遊記不但寫景狀物栩栩如生，而且洋溢着一種濃厚的人文氣息，讀者更有所得。

在 1935 年發表的《甚麼是散文》一文中，朱自清曾説：「遊記也不一定限於耳聞目睹，摻入些歷史的追想，也許別有風味。這個先得多讀書，搜集材料，自然費工夫些，但是值得做的。」這是他的《歐遊雜記》和《倫敦雜記》成功經驗的總結。

威尼斯（Venice）是一個別致地方。出了火車站，你立刻便會覺得；這裏沒有汽車，要到哪兒，不是搭小火輪，便是僱「剛朵拉」（Gondola）。大運河穿過威尼斯像反寫的 □；這就是大街。另有小河道四百十八條，這些就是小胡同。輪船像公共汽車，在大街上走；「剛朵拉」是一種搖櫓的小船，威尼斯所特有，它哪兒都去。威尼斯並非沒有橋；三百七十八座，有的是。只要不怕轉彎抹角，哪兒都走得到，用不着下河去。可是輪船中人還是很多，「剛朵拉」的買賣也似乎並不壞。

　　威尼斯是「海中的城」，在意大利半島的東北角上，是一羣小島，外面一道沙堤隔開亞得利亞海[1]。在聖馬克方場的鐘樓上看，團花簇錦似的東一塊西一塊在綠波裏蕩漾着。遠處是水天相接，一片茫茫。這裏沒有甚麼煤煙，天空乾乾淨淨；在溫和的日光中，一切都像透明的。中國人到此，彷彿在江南的水鄉；夏初從歐洲北部來的，在這兒還可看見清清楚楚的春天的背影。海水那麼綠，那麼釅，會帶你到夢中去。

　　威尼斯不單是明媚，在聖馬克方場走走就知道。這個方場南面臨着一道運河；場中偏東南便是那可以望遠的鐘樓。威尼斯最熱鬧的地方是這兒，最華妙莊嚴的地方也是這兒。除了西邊，圍着的都是三百年以上的建築，東邊居中是聖馬

名家散文必讀・朱自清

---

① 　亞得利亞海，亞得里亞海的舊譯，地中海的一個大海灣，處於意大利與巴爾干半島之間。

克堂，卻有了八九百年 —— 鐘樓便在它的右首。再向右是
「新衙門」；教堂左首是「老衙門」。這兩溜兒樓房的下一
層，現在滿開了鋪子。鋪子前面是長廊，一天到晚是來來去
去的人。緊接着教堂，直伸向運河去的是公爺府；這個一半
屬於小方場，另一半便屬於運河了。

聖馬克堂是方場的主人，建築在十一世紀，原是卑贊
廷② 式，以直線為主。十四世紀加上戈昔式③ 的裝飾，如尖拱
門等；十七世紀又參入文藝復興期的裝飾，如欄杆等。所以
莊嚴華妙，兼而有之；這正是威尼斯人的漂亮勁兒。教堂裏
屋頂與牆壁上滿是碎玻璃嵌成的畫，大概是真金色的地，藍
色和紅色的聖靈像。這些像做得非常肅穆。教堂的地是用大
理石鋪的，顏色花樣種種不同。在那種空闊陰暗的氛圍中，
你覺得偉麗，也覺得森嚴。教堂左右那兩溜兒樓房，式樣
各別，並不對稱；鐘樓高三百二十二英尺，也偏在一邊兒。
但這兩溜房子都是三層，都有許多拱門，恰與教堂的門面與
圓頂相稱；又都是白石造成，越襯出教堂的金碧輝煌來。教
堂右邊是向運河去的路，是一個小方場，本來顯得空闊些，
鐘樓恰好填了這個空子。好像我們戲裏大將出場，後面一杆
旗子總是偏着取勢；這方場中的建築，節奏其實是和諧不過

---

② 　卑贊廷，拜占庭的舊譯。拜占庭帝國以巴爾干半島為中心，通常被認
　　為開始自公元 395 年，公元 1453 年滅亡。

③ 　戈昔式，哥特式的舊譯。哥特式建築十二至十六世紀流行於西歐，以
　　尖拱、拱頂、細長柱等為特點。

的。十八世紀意大利卡那來陀（Canaletto）[④]一派畫家專畫威尼斯的建築，取材於這方場的很多。德國德萊司敦[⑤]畫院中有幾張，真好。

公爺府裏有好些名人的壁畫和屋頂畫，丁陶來陀（Tintoretto，十六世紀）[⑥]的大畫《樂園》最著名；但更重要的是它建築的價值。運河上有了這所房子，增加了不少顏色。這全然是戈昔式；動工在九世紀初，以後屢次遭火，屢次重修，現在的據說還是原來的式樣。最好看的是它的西南兩面；西面斜對着聖馬克方場，南面正在運河上。在運河裏看，真像在畫中。它也是三層：下兩層是尖拱門，一眼看去，無數的柱子。最下層的拱門簡單疏闊，是載重的樣子；上一層便繁密得多，為裝飾之用；最上層卻更簡單，一根柱子沒有，除了疏疏落落的窗和門之外，都是整塊的牆面。牆面上用白的與玫瑰紅的大理石砌成素樸的方紋，在日光裏鮮明得像少女一般。威尼斯人真不愧着色的能手。這所房子從運河中看，好像在水裏。下兩層是玲瓏的架子，上一層才是屋子；這是很巧的結構，加上那豔而雅的顏色，令人有惝恍

---

④ 卡那來陀（1697－1768），卡納萊托的舊譯，意大利風景畫家，尤以準確描繪威尼斯風光而聞名。

⑤ 德萊司敦，德累斯頓的舊譯。德累斯頓是德國薩克森州的首府，位於茨溫格宮的歷代大師畫廊在世界上擁有重要地位。

⑥ 丁陶來陀（1518－1594），丁托列托的舊譯，十六世紀意大利威尼斯畫派著名畫家。丁托列托曾為威尼斯共和國總督府（即文中所說公爺府）作畫，其中為會議大廳製作的《天堂》（即文中所說《樂園》），是歐洲畫史上罕見的大幅布面油畫（22m×7m）。

迷離之感。府後有太息橋；從前一邊是監獄，一邊是法院，獄囚提訊須過這裏，所以得名。拜倫詩中曾詠此，因而便膾炙人口起來，其實也只是近世的東西。

　　威尼斯的夜曲是很著名的。夜曲本是一種抒情的曲子，夜晚在人家窗下隨便唱。可是運河裏也有：晚上在聖馬克方場的河邊上，看見河中有紅綠的紙球燈，便是唱夜曲的船。僱了「剛朵拉」搖過去，靠着那個船停下，船在水中間，兩邊挨次排着「剛朵拉」，在微波裏盪着，像是兩隻翅膀。唱曲的有男有女，圍着一張桌子坐，輪到了便站起來唱，旁邊有音樂和着。曲詞自然是意大利語，意大利的語音據説最純粹，最清朗。聽起來似乎的確斬截些，女人的尤其如此 ── 意大利的歌女是出名的。音樂節奏繁密，聲情熱烈，想來是最流行的「爵士樂」。在微微搖擺的紅綠燈球底下，顫着釅釅的歌喉，運河上一片朦朧的夜也似乎透出玫瑰紅的樣子。唱完幾曲之後，船上有人跨過來，反拿着帽子收錢，多少隨意。不願意聽了，還可搖到第二處去。這個略略像當年的秦淮河的光景，但秦淮河卻熱鬧得多。

　　從聖馬克方場向西北去，有兩個教堂在藝術上是很重要的。一個是聖羅珂堂[7]，旁邊有一所屋子，牆上屋頂上滿是畫；樓上下大小三間屋，共六十二幅畫，是丁陶來陀的手筆。屋裏暗極，只有早晨看得清楚。丁陶來陀作畫時，因地

────────

[7]　聖羅珂堂，即聖瑪利亞・德爾・奧爾托教堂，是丁托列托的教區教堂，以畫家大量的繪畫作品最為著名。

制宜，大部分只粗粗勾勒，利用陰影，教人看了覺得是幾經
琢磨似的。《十字架》一幅在樓上小屋內，力量最雄厚。佛
拉利堂[8]在聖羅珂近旁，有大畫家鐵沁（Titian，十六世紀）[9]
和近代雕刻家卡奴窪（Canova）[10]的紀念碑。卡奴窪的，
靈巧，是自己打的樣子；鐵沁的，宏壯，是十九世紀中葉才
完成的。他的《聖處女升天圖》掛在神壇後面，那朱紅與亮
藍兩種顏色鮮明極了，全幅氣韻流動，如風行水上。倍里尼
（Giovanni Bellini，十五世紀）[11]的《聖母像》，也是他的精
品。他們都還有別的畫在這個教堂裏。

　　從聖馬克方場沿河直向東去，有一處公園；從一八九五
年起，每兩年在此地開國際藝術展覽會一次。今年是第十八
屆；加入展覽的有意、荷、比、西、丹、法、英、奧、蘇
俄、美、匈、瑞士、波蘭等十三國，意大利的東西自然最
多，種類繁極了；未來派立體派的圖畫雕刻，都可見到，還
有別的許多新奇的作品，說不出路數。顏色大概鮮明，教人

────────

⑧　佛拉利堂，即弗拉里榮耀的聖母堂，是一座建於十四、十五世紀的哥
　　特式教堂，陳列着許多繪畫、雕塑和墓碑，最著名的繪畫作品為提香
　　的《聖母升天》（即後文提到的《聖處女升天圖》）。

⑨　鐵沁（1490 − 1576），提香的舊譯，意大利文藝復興時期威尼斯畫
　　派代表人物，被譽為西方油畫之父。

⑩　卡奴窪（1757 − 1822），卡諾瓦的舊譯，意大利雕塑家，新古典主
　　義雕刻的代表。

⑪　倍里尼（1430 − 1516），喬凡尼·貝利尼的舊譯，威尼斯畫派創立
　　人，以風景畫、宗教題材作品知名，在題材、繪畫形式和配色上都有
　　創新。知名作品有《諸神的盛宴》、《聖母子》等。

眼睛發亮；建築也是新式，簡截不囉嗦，痛快之至。蘇俄的作品不多，大概是工農生活的表現，兼有沉毅和高興的調子。他們也用鮮明的顏色，但顯然沒有很費心思在藝術上，作風老老實實，並不向牛犄角裏尋找新奇的玩意兒。

威尼斯的玻璃器皿，刻花皮件，都是名產，以典麗風華勝，緙絲也不錯。大理石小雕像，是著名大品的縮本，出於名手的還有味。

一九三二年七月十三日

給亡婦

◗ 導讀

　　1916 年 12 月 15 日，朱自清和武鍾謙女士結婚，1929 年 11 月 26 日妻子在揚州因肺病去世，年僅三十二歲，朱自清未能回家奔喪。次年夏天他曾去亡妻墳前祭掃。1932 年 8 月他和新婚妻子陳竹隱回老家，未去亡妻墳前，兩個月後，在清華園寫下了這篇痛苦哀傷的回憶文字。收入散文集《你我》，在《自序》中，他提及這篇散文：「《給亡婦》想試用不歐化的口語，但也沒有完全如願。」

　　文章以與去世三年的亡妻說話的方式完成，沒有講究的修辭和技巧，顯得平靜，就像妻子還未死，在安靜地閒話家常，談及每一個孩子的事之時，就完全與外人無關。隨着回憶的加深，尤其是說到妻子對自己的好、妻子的隱忍和受到的委屈時，痛苦和悔恨之情不知不覺間逐漸加濃，但是依然時時在克制着，盡量將這一番「對話」完成。最後說到前年夏天給妻子上墳一節時，語氣平靜，但讀者能強烈感覺到他內心的心酸和哀痛。這是一篇深情的致亡妻書，同時又是情感非常克制的懷人文章。值得注意的是，這一篇致亡妻書，是在他再婚剛兩個月後寫的。

　　《給亡妻》既表達了對妻子的懷念和悔恨，也刻畫了武鍾謙女士賢惠、包容、善良的品行，歌頌了她完全捨棄自己、一心為了孩子和家庭的偉大母愛，是現代懷人散文中很難超越之作。

謙，日子真快，一眨眼你已經死了三個年頭了。這三年裏世事不知變化了多少回，但你未必注意這些個，我知道。你第一惦記的是你幾個孩子，第二便輪着我。孩子和我平分你的世界，你在日如此；你死後若還有知，想來還如此的。告訴你，我夏天回家來着：邁兒長得結實極了，比我高一個頭。閏兒父親說是最乖，可是沒有先前胖了。采芷和轉子都好。五兒全家誇她長得好看；卻在腿上生了濕瘡，整天坐在竹牀上不能下來，看了怪可憐的。六兒，我怎麼說好，你明白，你臨終時也和母親談過，這孩子是只可以養着玩兒的，他左挨右挨去年春天，到底沒有挨過去。這孩子生了幾個月，你的肺病就重起來了。我勸你少親近他，只監督着老媽子照管就行。你總是忍不住，一會兒提，一會兒抱的。可是你病中為他操的那一份兒心也夠瞧的。那一個夏天他病的時候多，你成天兒忙着，湯呀，藥呀，冷呀，暖呀，連覺也沒有好好兒睡過。哪裏有一分一毫想着你自己。瞧着他硬朗點兒你就樂，乾枯的笑容在黃蠟般的臉上，我只有暗中歎氣而已。

從來想不到做母親的要像你這樣。從邁兒起，你總是自己餵乳，一連四個都這樣。你起初不知道按鐘點兒餵，後來知道了，卻又弄不慣；孩子們每夜裏幾次將你哭醒了，特別是悶熱的夏季。我瞧你的覺老沒睡足。白天裏還得做菜，照料孩子，很少得空兒。你的身子本來壞，四個孩子就累你七八年。到了第五個，你自己實在不成了，又沒乳，只好自己餵奶粉，另僱老媽子專管她。但孩子跟老媽子睡，你就沒有放過心；夜裏一聽見哭，就豎起耳朵聽，工夫一大就得過

去看。十六年初，和你到北京來，將邁兒、轉子留在家裏；三年多還不能去接他們，可真把你惦記苦了。你並不常提，我卻明白。你後來說你的病就是惦記出來的；那個自然也有份兒，不過大半還是養育孩子累的。你的短短的十二年結婚生活，有十一年耗費在孩子們身上；而你一點不厭倦，有多少力量用多少，一直到自己毀滅為止。你對孩子一般兒愛，不問男的女的，大的小的。也不想到甚麼「養兒防老，積穀防饑」，只拚命地愛去。你對於教育老實說有些外行，孩子們只要吃得好玩得好就成了。這也難怪你，你自己便是這樣長大的。況且孩子們原都還小，吃和玩本來也要緊的。你病重的時候最放不下的還是孩子。病的只剩皮包着骨頭了，總不信自己不會好；老說：「我死了，這一大羣孩子可苦了。」後來說送你回家，你想着可以看見邁兒和轉子，也願意；你萬想不到會一走不返的。我送車的時候，你忍不住哭了，說：「還不知能不能再見？」可憐，你的心我知道，你滿想着好好兒帶着六個孩子回來見我的。謙，你那時一定這樣想，一定的。

除了孩子，你心裏只有我。不錯，那時你父親還在；可是你母親死了，他另有個女人，你老早就覺得隔了一層似的。出嫁後第一年你雖還一心一意依戀着他老人家，到第二年上我和孩子可就將你的心佔住，你再沒有多少工夫惦記他了。你還記得第一年我在北京，你在家裏。家裏來信說你待不住，常回娘家去。我動氣了，馬上寫信責備你。你教人寫了一封覆信，說家裏有事，不能不回去。這是你第一次也可以說第末次的抗議，我從此就沒給你寫信。暑假時帶了一肚

子主意回去，但見了面，看你一臉笑，也就拉倒了。打這時候起，你漸漸從你父親的懷裏跑到我這兒。你換了金鐲子幫助我的學費，叫我以後還你；但直到你死，我沒有還你。你在我家受了許多氣，又因為我家的緣故受你家裏的氣，你都忍着。這全為的是我，我知道。那回我從家鄉一個中學半途辭職出走。家裏人諷你也走。哪裏走！只得硬着頭皮往你家去。那時你家像個冰窖子，你們在窖裏足足住了三個月。好容易我才將你們領出來了，一同上外省去。小家庭這樣組織起來了。你雖不是甚麼闊小姐，可也是自小嬌生慣養的，做起主婦來，甚麼都得幹一兩手；你居然做下去了，而且高高興興地做下去了。菜照例滿是你做，可是吃的都是我們；你至多夾上兩三筷子就算了。你的菜做得不壞，有一位老在行大大地誇獎過你。你洗衣服也不錯，夏天我的綢大褂大概總是你親自動手。你在家老不樂意閒着；坐前幾個「月子」，老是四五天就起牀，說是躺着家裏事沒條沒理的。其實你起來也還不是沒條理；咱們家那麼多孩子，哪兒來條理？在浙江住的時候，逃過兩回兵難，我都在北平。真虧你領着母親和一羣孩子東藏西躲的；末一回還要走多少里路，翻一道大嶺。這兩回差不多只靠你一個人。你不但帶了母親和孩子們，還帶了我一箱箱的書；你知道我是最愛書的。在短短的十二年裏，你操的心比人家一輩子還多；謙，你那樣身子怎麼經得住！你將我的責任一股腦兒擔負了去，壓死了你；我如何對得起你！

　　你為我的勞什子書也費了不少神；第一回讓你父親的男傭人從家鄉捎到上海去。他說了幾句閒話，你氣得在你父親

面前哭了。第二回是帶着逃難，別人都説你傻子。你有你的想頭：「沒有書怎麼教書？況且他又愛這個玩意兒。」其實你沒有曉得，那些書丢了也並不可惜；不過教你怎麼曉得，我平常從來沒和你談過這些個！總而言之，你的心是可感謝的。這十二年裏你為我吃的苦真不少，可是沒有過幾天好日子。我們在一起住，算來也還不到五個年頭。無論日子怎麼壞，無論是離是合，你從來沒對我發過脾氣，連一句怨言也沒有。——別説怨我，就是怨命也沒有過。老實説，我的脾氣可不大好，遷怒的事兒有的是。那些時候你往往抽噎着流眼淚，從不回嘴，也不號啕。不過我也只信得過你一個人，有些話我只和你一個人説，因為世界上只你一個人真關心我，真同情我。你不但為我吃苦，更為我分苦；我之有我現在的精神，大半是你給我培養着的。這些年來我很少生病。但我最不耐煩生病，生了病就呻吟不絶，鬧那伺候病的人。你是領教過一回的，那回只一兩點鐘，可是也夠麻煩了。你常生病，卻總不開口，掙扎着起來；一來怕攪我，二來怕沒人做你那份兒事。我有一個壞脾氣，怕聽人生病，也是真的。後來你天天發燒，自己還以為南方帶來的瘧疾，一直瞞着我。明明躺着，聽見我的腳步，一骨碌就坐起來。我漸漸有些奇怪，讓大夫一瞧，這可糟了，你的一個肺已爛了一個大窟窿了！大夫勸你到西山去靜養，你丢不下孩子，又捨不得錢；勸你在家裏躺着，你也丢不下那份兒家務。越看越不行了，這才送你回去。明知凶多吉少，想不到只一個月工夫你就完了！本來盼望還見得着你，這一來可拉倒了。你也何嘗想到這個？父親告訴我，你回家獨住着一所小住宅，還嫌

沒有客廳，怕我回去不便哪。

　　前年夏天回家，上你墳上去了。你睡在祖父母的下首，想來還不孤單的。只是當年祖父母的墳太小了，你正睡在壙底下。這叫做「抗壙」，在生人看來是不安心的；等着想辦法哪。那時壙上壙下密密地長着青草，朝露浸濕了我的布鞋。你剛埋了半年多，只有壙下多出一塊土，別的全然看不出新墳的樣子。我和隱今夏回去，本想到你的墳上來；因為她病了沒來成。我們想告訴你，五個孩子都好，我們一定盡心教養他們，讓他們對得起死了的母親 —— 你！謙，好好兒放心安睡吧，你。

一九三二年十月

春

◀ 導讀

　　《春》是現代散文名篇，朱自清生前卻未收入其文集中。據陳傑在 1983 年第 2 期《臨沂師專學報》發表的《關於〈春〉的出處》一文考證，《春》最早發表在朱文叔編，1933 年 7 月由上海中華書局印行的《初中國文讀本》第一冊。

　　因為是專為初中新生寫的一篇散文，在寫作時肯定有一種為中學生作示範的創作心態。所以它與朱自清三十年代其他散文相比，明顯不是一樣的風格，不是那種隨性適意的寫法，而是在細心地觀察、認真地描摹、充滿童趣地想像。為着合適小讀者，本篇大部分段落都採用了特別簡短的句式，有一種琅琅上口的節奏感，這種節奏之美，和春天到來時那種輕柔而迅疾的自然節奏和諧一致，也和春天來到時人們欣喜、恍然的情緒和諧一致。朱自清在這裏充分展現了自己錘煉語言的功夫。

　　本篇還有一個最大的特色是大量比喻和擬人手法的運用。春天裏的一切都是有生命的、生機勃勃的，連春天也像一個小娃娃在成長，特定的讀者羣、特定的描寫對象，使得比喻和擬人成為《春》最合適也運用得最成功的修辭。

盼望着，盼望着，東風來了，春天的腳步近了。

一切都像剛睡醒的樣子，欣欣然張開了眼。山朗潤起來了，水漲起來了，太陽的臉紅起來了。

小草偷偷地從土裏鑽出來，嫩嫩的，綠綠的。園子裏，田野裏，瞧去，一大片一大片滿是的。坐着，躺着，打兩個滾，踢幾腳球，賽幾趟跑，捉幾回迷藏。風輕悄悄的，草綿軟軟的。

桃樹、杏樹、梨樹，你不讓我，我不讓你，都開滿了花趕趟兒。紅的像火，粉的像霞，白的像雪。花裏帶着甜味，閉了眼，樹上彷彿已經滿是桃兒、杏兒、梨兒！花下成千成百的蜜蜂嗡嗡地鬧着，大小的蝴蝶飛來飛去。野花遍地是：雜樣兒，有名字的，沒名字的，散在草叢裏，像眼睛，像星星，還眨呀眨的。

「吹面不寒楊柳風」，不錯的，像母親的手撫摸着你。風裏帶來些新翻的泥土的氣息，混着青草味，還有各種花的香，都在微微潤濕的空氣裏醞釀。鳥兒將窠巢安在繁花嫩葉當中，高興起來了，呼朋引伴地賣弄清脆的喉嚨，唱出宛轉的曲子，與輕風流水應和着。牛背上牧童的短笛，這時候也成天在嘹亮地響。

雨是最尋常的，一下就是三兩天。可別惱，看，像牛毛，像花針，像細絲，密密地斜織着，人家屋頂上全籠着一層薄煙。樹葉子卻綠得發亮，小草也青得逼你的眼。傍晚時候，上燈了，一點點黃暈的光，烘托出一片安靜而和平的夜。鄉下去，小路上，石橋邊，撐起傘慢慢走着的人；還有地裏工作的農夫，披着蓑，戴着笠的。他們的草屋，稀稀疏

疏的在雨裏靜默着。

　　天上風箏漸漸多了，地上孩子也多了。城裏鄉下，家家戶戶，老老小小，他們也趕趟兒似的，一個個都出來了。舒活舒活筋骨，抖擻抖擻精神，各做各的一份事去。「一年之計在於春」；剛起頭兒，有的是工夫，有的是希望。

　　春天像剛落地的娃娃，從頭到腳都是新的，它生長着。

　　春天像小姑娘，花枝招展的，笑着，走着。

　　春天像健壯的青年，有鐵一般的胳膊和腰腳，他領着我們上前去。

　　　　　　　　　　　　　　　　　　一九三三年七月

潭柘寺　戒壇寺 [①]

▌ 導讀

　　1934 年 3 月 31 日週六，清華大學中文系師生去潭柘寺、戒壇寺作為期兩天的春遊，近半年之後朱自清寫作此文，在《清華暑期週刊》發表。

　　文章第二句就提到《北平指南》，這也暗示出，《潭柘寺　戒壇寺》一文，不會像一般的遊記那樣，滿足於介紹這兩個寺及值得遊玩之處。去過和沒有去過兩個寺廟的讀者，粗粗一讀，可能也都會有不滿足之感，它很少喚起去過的讀者的回憶，也不會激發起一般遊客的遊興。整篇文章，也未提及清華同學春遊這樣的背景。它主要的是關乎朱自清自己的記憶，有點類似於日記的寫作。它是朱自清記憶中的潭柘寺、戒壇寺之遊。

　　未到潭柘，文章先用第三、四兩個自然段近六百字篇幅，寫一路行走的不便和艱難。為何如此安排，因為它留給作者最深的印象。這兩段看似平常，但兩段均於結尾處，留有令人莞爾的幽默之筆，也正是作者覺得可記之處。對潭柘寺和戒壇寺的介紹，基本略去了對於其人文、歷史方面的內容，而專寫自己看到的各

---

① 　戒壇寺，即戒台寺，在北京市門頭溝區的馬鞍山上。因遼代高僧法均在此建戒壇，故又名戒壇寺。

處外在景況和自己的活動。對兩個寺廟和尚態度不同之處的比較，也正是個人較深的記憶。

　　和這種寫作出發點相稱的是，《潭柘寺 戒壇寺》一文樸實隨意，親切平和，既是個人記憶的整理，也讓讀者於平實又時含幽默的筆觸中，增長見聞，也得到輕鬆的藝術享受。

早就知道潭柘寺，戒壇寺。在商務印書館的《北平指南》上，見過潭柘的銅圖，小小的一塊，模模糊糊的，看了一點沒有想去的意思。後來不斷地聽人說起這兩座廟；有時候說路上不平靜，有時候說路上紅葉好。說紅葉好的勸我秋天去；但也有人勸我夏天去。有一回騎驢上八大處，趕驢的問逛過潭柘沒有，我說沒有。他說潭柘風景好，那兒滿是老道，他去過，離八大處七八十里地，坐轎騎驢都成。我不大喜歡老道的裝束，尤其是那滿蓄着的長頭髮，看上去囉囉唆唆，齷裏齷齪的。更不想騎驢走七八十里地，因為我知道驢子與我都受不了。真打動我的倒是「潭柘寺」這個名字。不懂不是？就是不懂的妙。躲懶的人唸成「潭拓寺」，那更莫名其妙了。這怕是中國文法的花樣；要是來個歐化，說是「潭和柘的寺」，那就用不着咬嚼或吟味了。還有在一部詩話裏看見近人詠戒台松的七古，詩騰挪夭矯，想來松也如此。所以去。但是在夏秋之前的春天，而且是早春；北平的早春是沒有花的。

這才認真打聽去過的人。有的說住潭柘好，有的說住戒壇好。有的人說路太難走，走到了筋疲力盡，再沒興致玩兒；有人說走路有意思。又有人說，去時坐了轎子，半路上前後兩個轎夫吵起來，把轎子擱下，直說不抬了。於是心中暗自決定，不坐轎，也不走路；取中道，騎驢子。又按普通說法，總是潭柘寺在前，戒壇寺在後，想着戒壇寺一定遠些；於是決定住潭柘，因為一天回不來，必得住。門頭溝下車時，想着人多，怕僱不着許多驢，但是並不然——僱驢的時候，才知道戒壇去便宜一半，那就是說近一半。這時候

自己忽然逞起能來，要走路。走吧。

　　這一段路可夠瞧的。像是河牀，怎麼也挑不出沒有石子的地方，腳底下老是絆來絆去的，教人心煩。又沒有樹木，甚至於沒有一根草。這一帶原是煤窰，拉煤的大車往來不絕，塵土裏飽和着煤屑，變成黯淡的深灰色，教人看了透不出氣來。走一點鐘光景，自己覺得已經有點辦不了，怕沒有走到便筋疲力盡；幸而山上下來一條驢，如獲至寶似地僱下，騎上去。這一天東風特別大。平常騎驢就不穩，風一大真是禍不單行。山上東西都有路，很窄，下面是斜坡；本來從西邊走，驢夫看風勢太猛，將驢拉上東路。就這麼着，有一回還幾乎讓風將驢吹倒；若走西邊，沒有準兒會驢我同歸哪。想起從前人畫風雪騎驢圖，極是雅事；大概那不是上潭柘寺去的。驢背上照例該有些詩意，但是我，下有驢子，上有帽子眼鏡，都要照管；又有迎風下淚的毛病，常要掏手巾擦乾。當其時真恨不得生出第三隻手來才好。

　　東邊山峯漸起，風是過不來了；可是驢也騎不得了，說是坎兒多。坎兒可真多。這時候精神倒好起來了：崎嶇的路正可以練腰腳，處處要眼到心到腳到，不像平地上。人多更有點競賽的心理，總想走上最前頭去，再則這兒的山勢雖然說不上險，可是突兀，醜怪，巉刻的地方有的是。我們說這才有點兒山的意思；老像八大處那樣，真教人氣悶悶的。於是一直走到潭柘寺後門；這段坎兒路比風裏走過的長一半，小驢毫無用處，驢夫說：「咳，這不過給您做個伴兒！」

　　牆外先看見竹子，且不想進去。又密，又粗，雖然不夠綠。北平看竹子，真不易。又想到八大處了，大悲庵殿前

那一溜兒，薄得可憐，細得也可憐，比起這兒，真是小巫見大巫了。進去過一道角門，門旁突然亭亭地矗立着兩竿粗竹子，在牆上緊緊地挨着；要用批文章的成語，這兩竿竹子足稱得起「天外飛來之筆」。

正殿屋角上兩座琉璃瓦的鴟吻，在台階下看，值得徘徊一下。神話說殿基本是青龍潭，一夕風雨，頓成平地，湧出兩鴟吻。只可惜現在的兩座太新鮮，與神話的朦朧幽祕的境界不相稱。但是還值得看，為的是大得好，在太陽裏嫩黃得好，閃亮得好；那拴着的四條黃銅鏈子也映襯得好。寺裏殿很多，層層折折高上去，走起來已經不平凡，每殿大小又不一樣，塑像擺設也各出心裁。看完了，還覺得無窮無盡似的。正殿下延清閣是待客的地方，遠處羣山像屏障似的。屋子結構甚巧，穿來穿去，不知有多少間，好像一所大宅子。可惜塵封不掃，我們住不着。話說回來，這種屋子原也不是預備給我們這麼多人擠着住的。寺門前一道深溝，上有石橋；那時沒有水，若是現在去，倚在橋上聽潺潺的水聲，倒也可以忘我忘世。過橋四株馬尾松，枝枝覆蓋，葉葉交通，另成一個境界。西邊小山上有個古觀音洞。洞無可看，但上去時在山坡上看潭柘的側面，宛如仇十洲的《仙山樓閣圖》[2]；往下看是陡峭的溝岸，越顯得深深無極，潭柘簡直有海上蓬萊的意味了。寺以泉水著名，到處有石槽引水長流，

---

② 仇十洲（1498？—1552），名英，字實父，號十洲，明代著名畫家。《仙山樓閣圖》現藏故宮博物院。

倒也涓涓可愛。只是流觴亭雅得那樣俗，在石地上楞刻着蚯蚓般的槽；那樣流觴，怕只有孩子們願意幹。現在蘭亭的「流觴曲水」也和這兒的一鼻孔出氣，不過規模大些。晚上因為帶的鋪蓋薄，凍得睜着眼，卻聽了一夜的泉聲；心裏想要不凍着，這泉聲夠多清雅啊！寺裏並無一個老道，但那幾個和尚，滿身銅臭，滿眼勢利，教人老不能忘記，倒也麻煩的。

第二天清早，二十多人滿僱了牲口，向戒壇而去，頗有浩浩蕩蕩之勢。我的是一匹騾子，據説穩得多。這是第一回，高高興興騎上去。這一路要翻羅喉嶺。只是土山，可是道兒窄，又曲折，雖不高，老那麼凸凸凹凹的。許多處只容得一匹牲口過去。平心説，是險點兒。想起古來用兵，從間道襲敵人，許也是這種光景吧。

戒壇在半山上，山門是向東的。一進去就覺得平曠；南面只有一道低低的磚欄，下邊是一片平原，平原盡處才是山，與眾山屏蔽的潭柘氣象便不同。進二門，更覺得空闊疏朗，仰看正殿前的平台，彷彿汪洋千頃。這平台東西很長，是戒壇最勝處，眼界最寬，教人想起「振衣千仞岡」的詩句。三株名松都在這裏。「臥龍松」與「抱塔松」同是偃僕的姿勢，身軀奇偉，鱗甲蒼然，有飛動之意。「九龍松」老幹槎枒，如張牙舞爪一般。若在月光底下，森森然的松影當更有可看。此地最宜低徊流連，不是匆匆一覽所可領略。潭柘以層折勝，戒壇以開朗勝；但潭柘似乎更幽靜些。戒壇的和尚，春風滿面，卻遠勝於潭柘的；我們之中頗有悔不該在潭柘的。戒壇後山上也有個觀音洞。洞寬大而深，大家點了

火把嚷嚷鬧鬧地下去；半里光景的洞滿是油煙，滿是聲音。洞裏有石虎，石龜，上天梯，海眼等等，無非是湊湊人的熱鬧而已。

　　還是騎騾子。回到長辛店的時候，兩條腿幾乎不是我的了。

一九三四年八月三日

説 揚 州

◖導讀

　　本文寫於 1934 年，「那本出名的書」指的是時任江蘇教育廳編審主任的易君左 1933 年出版的遊記《閒話揚州》，出版後引起揚州婦女界的強烈抗議，認為醜化了揚州人，告到法庭，引起軒然大波。在 1946 年寫作的《我是揚州人》中，朱自清曾提及《説揚州》：「我曾經寫過一篇短文，指出揚州人這些毛病。後來要將這篇文收入散文集《你我》裏，商務印書館不肯，怕再鬧出『閒話揚州』的案子。」《説揚州》的第二自然段和第四自然段，主要是對於揚州人精神氣質等的批評，和「那本出名的書」的精神，在某些方面倒是一致的。

　　但既然是「説揚州」，尤其是一個老資格的揚州人，當然不會只是批判，緊接着文章筆鋒一轉，全部為介紹揚州的吃食了：揚州菜、麵館、茶館，尤其茶館一節，寫着寫着就有點沉溺了，無比的細緻和周全，比如包子的樣式、做法及口味，等等，一一道來，不厭其詳。這種沉溺，是否也間接表明了遠在北平的朱自清對自己在理智上持批判態度的家鄉揚州的懷念呢？

　　《説揚州》一文，文意有轉折，不單調，文中融入有大量的細節，顯得十分密實。寫作的態度樸實、自然，毫無刻意為文的痕跡。

在第十期[①]上看到曹聚仁先生的《閒話揚州》，比那本出名的書有味多了。不過那本書將揚州説得太壞，曹先生又未免説得太好；也不是説得太好，他沒有去過那裏，所説的只是從詩賦中，歷史上得來的印象。這些自然也是揚州的一面，不過已然過去，現在的揚州卻不能再給我們那種美夢。

自己從七歲到揚州，一住十三年，才出來唸書。家裏是客籍，父親又是在外省當差事的時候多，所以與當地賢豪長者並無來往。他們的雅事，如訪勝，吟詩，賭酒，書畫名家，烹調佳味，我那時全沒有份，也全不在行。因此雖住了那麼多年，並不能做揚州通，是很遺憾的。記得的只是光復的時候，父親正病着，讓一個高等流氓憑了軍政府的名字，敲了一竹杠；還有，在中學的幾年裏，眼見所謂「甩子團」橫行無忌。「甩子」是揚州方言，有時候指那些「怯」的人，有時候指那些滿不在乎的人。「甩子團」不用説是後一類；他們多數是紳宦家子弟，仗着家裏或者「幫」裏的勢力，在各公共場所鬧標勁，如看戲不買票，起哄等等，也有包攬詞訟，調戲婦女的。更可怪的，大鄉紳的僕人可以指揮警察區區長，可以大模大樣招搖過市 —— 這都是民國五六年的事，並非前清君主專制時代。自己當時血氣方剛，看了一肚子氣；可是人微言輕，也只好讓那口氣憋着罷了。

從前揚州是個大地方，如曹先生那文所説；現在鹽務不

① 第十期，指《人間世》第十期。《人間世》1934 年 5 月由林語堂等創辦，到 1935 年 12 月因無法維持而停刊。

行了，簡直就算個沒「落兒」的小城。

可是一般人還忘其所以地耍氣派，自以為美，幾乎不知天多高地多厚。這真是所謂「夜郎自大」了。揚州人有「揚虛子」的名字；這個「虛子」有兩種意思，一是大驚小怪，二是以少報多，總而言之，不離乎虛張聲勢的毛病。他們還有個「揚盤」的名字，譬如東西買貴了，人家可以笑話你是「揚盤」；又如店家價錢要的太貴，你可以詰問他，「把我當揚盤看麼？」盤是捧出來給別人看的，正好形容耍氣派的揚州人。又有所謂「商派」，譏笑那些仿效鹽商的奢侈生活的人，那更是氣派中之氣派了。但是這裏只就一般情形說，刻苦誠篤的君子自然也有；我所敬愛的朋友中，便不缺乏揚州人。

提起揚州這地名，許多人想到的是出女人的地方。但是我長到那麼大，從來不曾在街上見過一個出色的女人，也許那時女人還少出街吧？不過從前人所謂「出女人」，實在指姨太太與妓女而言；那個「出」字就和出羊毛、出蘋果的「出」字一樣。《陶庵夢憶》裏有「揚州瘦馬」一節，就記的這類事；但是我毫無所知。不過納妾與狎妓的風氣漸漸衰了，「出女人」那句話怕遲早會失掉意義的吧。

另有許多人想，揚州是吃得好的地方。這個保你沒錯兒。北平尋常提到江蘇菜，總想着是甜甜的膩膩的。現在有了淮揚菜，才知道江蘇菜也有不甜的；但還以為油重，和山東菜的清淡不同。其實真正油重的是鎮江菜，上桌子常教你膩得無可奈何。揚州菜若是讓鹽商家的廚子做起來，雖不到山東菜的清淡，卻也滋潤，利落，決不膩嘴膩舌。不但味

道鮮美，顏色也清麗悅目。揚州又以麵館著名。好在湯味醇美，是所謂白湯，由種種出湯的東西如雞鴨魚肉等熬成，好在它的厚，和啖熊掌一般。也有清湯，就是一味雞湯，倒並不出奇。內行的人吃麵要「大煮」；普通將麵挑在碗裏，澆上湯，「大煮」是將麵在湯裏煮一會，更能入味些。

揚州最著名的是茶館；早上去下午去都是滿滿的。吃的花樣最多。坐定了沏上茶，便有賣零碎的來兜攬，手臂上挽着一個黯淡的柳條筐，筐子裏擺滿了一些小蒲包，分放着瓜子花生炒鹽豆之類。又有炒白果的，在擔子上鐵鍋爆着白果，一片鏟子的聲音。得先告訴他，才給你炒。炒得殼子爆了，露出黃亮的仁兒，鏟在鐵絲罩裏送過來，又熱又香。還有賣五香牛肉的，讓他抓一些，攤在乾荷葉上；叫茶房拿點好麻醬油來，拌上慢慢地吃，也可向賣零碎的買些白酒 —— 揚州普通都喝白酒 —— 喝着。這才叫茶房燙乾絲。北平現在吃乾絲，都是所謂煮乾絲；那是很濃的，當菜很好，當點心卻未必合式。燙乾絲先將一大塊方的白豆腐乾飛快地切成薄片，再切為細絲，放在小碗裏，用開水一澆，乾絲便熟了；逼去了水，搏成圓錐似的，再倒上麻醬油，擱一撮蝦米和乾筍絲在尖兒，就成。說時遲，那時快，剛瞧着在切豆腐乾，一眨眼已端來了。燙乾絲就是清得好，不妨礙你吃別的。接着該要小籠點心。北平淮揚館子出賣的湯包，誠哉是好，在揚州卻少見；那實在是淮陰的名字，揚州不該掠美。揚州的小籠點心，肉餡兒的，蟹肉餡兒的，筍肉餡兒的且不用說，最可口的是菜包子菜燒賣，還有乾菜包子。菜揀那最嫩的，剁成泥，加一點兒糖一點兒油，蒸得白生生的，

熱騰騰的，到口輕鬆地化去，留下一絲兒餘味。乾菜也是切碎，也是加一點兒糖和油，燥濕恰到好處；細細地咬嚼，可以嚼出一點橄欖般的回味來。這麼着每樣吃點兒也並不太多。要是有飯局，還盡可以從容地去。但是要老資格的茶客才能這樣有分寸；偶爾上一回茶館的本地人外地人，卻總忍不住狼吞虎嚥，到了兒捧着肚子走出。

揚州遊覽以水為主，以船為主，已另有文記過，此處從略。城裏城外古跡很多，如文選樓，天保城，雷塘，二十四橋等，卻很少人留意；大家常去的只是史可法的梅花嶺罷了。倘若有相當的假期，邀上兩三個人去尋幽訪古倒有意思；自然，得帶點花生米，五香牛肉，白酒。

一九三四年十月十四日

買書

◖ 導讀

　　《買書》一篇，寫法和《看花》有點相像，都圍繞着一件事，一路拉雜寫下來幾十年時光的記憶。不過，因為所寫的特定內容不同，《看花》可以容納進更多生活和情感的記憶，《買書》則相對要單純許多，它就是寫一個文人多年「嗜好」的養成。也唯其如此，對於理解朱自清先生為人為文，也是極好的途徑。

　　《買書》和朱自清先生大部分散文一樣，不做作，不雕琢，自自然然一路寫來，刻意為文的痕跡幾乎沒有，有點像寫日記或者寫給自己看的「記事簿」或回憶錄。敘事簡潔，不求全，不拖拉，按時間順序，寫自己從少年時代在家鄉、在北平讀書、重來北平及出訪倫敦等幾個時間段落尋訪書籍的記憶，一本簡略的「流水賬」，它吸引讀者的，是每一段買書過程之中具體的所得，在家鄉和在北平讀書之時，朱自清先生交代的都是對於佛學書籍的尋訪和搜求，見出很長一段時間他思考和閱讀的興趣。

　　更讓讀者動容的是，文中多次提及為買書而賒賬、典當衣服、計較書價等情形。從某種意義上說，這篇小文，也是朱自清一生的小小寫照。聯繫到 1948 年他死前還交代家人一定要拒買美援麵粉，這種讀書人的窘迫，居然伴隨了朱自清先生幾乎一生時間，足以讓每一個後代的讀者感慨唏噓。

買書也是我的嗜好，和抽煙一樣。但這兩件事我其實都不在行，尤其是買書。在北平這地方，像我那樣買，像我買的那些書，說出來真寒磣死人；不過本文所要說的既非訣竅，也算不得經驗，只是些小小的故事，想來也無妨的。

在家鄉中學時候，家裏每月給零用一元。大部分都報效了一家廣益書局，取回些雜誌及新書。那老板姓張，有點兒抽肩膀，老是捧着水煙袋；可是人好，我們不覺得他有市儈氣。他肯給我們這班孩子記賬。每到節下，我總欠他一元多錢。他催得並不怎麼緊；向家裏商量商量，先還個一元也就成了。那時候最愛讀的一本《佛學易解》（賈豐臻著，中華書局印行）就是從張手裏買的。那時候不買舊書，因為家裏有。只有一回，不知哪兒檢來《文心雕龍》的名字，急着想看，便去舊書鋪訪求：有一家拿出一部廣州套版的，要一元錢，買不起；後來另買到一部，書品也還好，紙墨差些，卻只花了小洋三角。這部書還在，兩三年前給換上了磁青紙的皮兒，卻顯得配不上。

到北平來上學入了哲學系，還是喜歡找佛學書看。那時候佛經流通處在西城臥佛寺街鷲峯寺。在街口下了車，一直走，快到城根兒了，才看見那個寺。那是個陰沉沉的秋天下午，街上只有我一個人。到寺裏買了《因明入正理論疏》、《百法明門論疏》、《翻譯名義集》等。這股傻勁兒回味起來頗有意思；正像那回從天壇出來，挨着城根，獨自個兒，探險似地穿過許多沒人走的城地去訪陶然亭一樣。在畢業的那年，到琉璃廠華洋書莊去，看見新版韋伯斯特大字典，定價才十四元。可是十四元並不容易找。想來想去，只好硬了心

腸將結婚時候父親給做的一件紫毛（貓皮）水獺領大氅親手拿着，走到後門一家當鋪裏去，說當十四元錢。櫃上人似乎沒有甚麼留難就答應了。這件大氅是布面子，土式樣，領子小而毛雜——原是用了兩副「馬蹄袖」拼湊起來的。父親給做這件衣服，可很費了點張羅。拿去當的時候，也躊躇了一下，卻終於捨不得那本字典。想着將來準贖出來就是了。想不到竟不能贖出來，這是直到現在翻那本字典時常引為遺憾的。

重來北平之後，有一年忽然想搜集一些杜詩。一家小書鋪叫文雅堂的給找了不少，都不算貴；那夥計是個麻子，一臉笑，是鋪子裏少掌櫃的。鋪子靠他父親支持，並沒有甚麼好書；去年他父親死了，他本人不大內行，讓夥計吃了，現在長遠不來了，他不知怎麼樣。說起杜詩，有一回，一家書鋪送來高麗本《杜律分韻》，兩本書，索價三百元。書極不相干而索價如此之高，荒謬之至，況且書面上原購者明明寫着「以銀二兩得之」。第二天另一家送來一樣的書，只要二元錢，我立刻買下。北平的書價，離奇有如此者。

舊曆正月裏廠甸的書攤值得看；有些人天天巡禮去。我住得遠，每年只去一個下午——上午攤兒少。土地祠內外人山人海摩肩接踵地來往。也買過些零碎東西；其中有一本是《倫敦竹枝詞》，花了三毛錢。買來以後，恰好《論語》要稿子，選抄了些寄去，加上一點說明，居然得着五元稿費。這是僅有的一次，買的書賺了錢。

在倫敦的時候，從寓所出來，走過近旁小街。有一家小書店門口擺着一架舊書。上前去徘徊了一下，看見一本《牛

津書話選》（*The Book Lovers' Anthology*），燙花布面，裝訂不馬虎，四百多面，本子也不小，準有七八成新，才一先令六便士，那時合中國一元三毛錢，比東安市場舊洋書還賤些。這選本節錄許多名家詩文，説到書的各方面的；性質有點像葉德輝氏《書林清話》，但不像《清話》有系統；他們旨趣原是兩樣的。因為買這本書，結識了那掌櫃的；他以後給我找了不少便宜的舊書。有一種書，他找不到舊的，便和我説，他們批購新書按七五扣，他願意少賺一扣，按九扣賣給我。我沒有要他這麼辦，但是很感謝他的好意。

一九三五年一月十日

聖誕節

導讀

　　本文發表於 1935 年 2 月 1 日出版的《中學生》，發表時題為《聖誕節風俗一斑 —— 倫敦雜記之二》，收入《倫敦雜記》時改名為《聖誕節》。1931 年 8 月底至 1932 年 7 月，朱自清在英國訪學。除了在英國交流、聽課之外，他還遊覽了歐洲很多國家，在歸國途中，即以歐遊為素材寫作散文，後來入集為《歐遊雜記》、《倫敦雜記》兩書，其中十餘篇散文作品，均在《中學生》雜誌發表。

　　朱自清筆下的倫敦聖誕節道具，其一是賀卡，他描述了見到的幾種賀卡，詳盡、細緻到最細微的畫面細節，其次是冬青、「蘋果寄生」和聖誕樹。在介紹這三種「道具」時，不像介紹賀卡只寫眼前畫面，而是夾雜了不少了解到的豐富、有趣的背景知識，比如介紹到「蘋果寄生」時，「從前在它底下，少年男人可以和任何女子接吻」，肯定令當時的中學生覺得新鮮！這也是《聖誕節》的一個特點，筆調輕鬆，信息量豐富，兼具書卷氣和生活氣息。朱自清對於倫敦聖誕節觀察的細緻、耐心和周全，以及寫作時人文背景等知識準備的充分，令人歎服。

　　最後兩段寫自己在房東太太家過的聖誕節。文章的結構安排從整體到局部，從全體到個體，給中學生讀者完整地介紹了倫敦聖誕節情形，寫到最後，似乎推翻了文章開始兩個段落的結論，也是欲揚先抑的寫法吧！

十二月二十五日聖誕節。英國人過聖誕節，好像我們舊曆年的味兒。習俗上宗教上，這一日簡直就是「元旦」；據說七世紀時便已如此，十四世紀至十八世紀中葉，雖然將「元旦」改到三月二十五日，但是以後情形又照舊了。至於一月一日，不過名義上的歲首，他們向來是不大看重的。

這年頭人們行樂的機會越過越多，不在乎等到逢年過節；所以年情節景一回回地淡下去，像從前那樣熱狂地期待着，熱狂地受用着的事情，怕只在老年人的回憶、小孩子的想像中存在着罷了。大都市裏特別是這樣；在上海就看得出，不用說更繁華的倫敦了。再說這種不景氣的日子，誰還有心腸認真找樂兒？所以雖然聖誕節，大家也只點綴點綴，應個景兒罷了。

可是郵差卻忙壞了，成千成萬的賀片經過他們的手。賀片之外還有月份牌。這種月份牌一點兒大，裝在卡片上，也有畫，也有吉語。花樣也不少，卻比賀片差遠了。賀片分兩種，一種填上姓名，一種印上姓名。交遊廣的用後一種，自然貴些；據說前些年也得鈎心鬥角地出花樣，這一年卻多半簡簡單單的，為的好省些錢。前一種卻不同，各家書紙店得搶買主，所以花色比以先還多些。不過據說也沒有十二分新鮮出奇的樣子，這個究竟只是應景的玩意兒呀。但是在一個外國人眼裏，五光十色，也就夠瞧的。曾經到舊城一家大書紙店裏看過，樣本厚厚的四大冊，足有三千種之多。

樣本開頭是皇家賀片：英王的是聖保羅堂圖；王后的內外兩幅畫，其一是花園圖；威爾士親王的是候人圖；約克

公爵夫婦的是一六六〇年聖詹姆士公園冰戲圖；馬利[①]公主的是行獵圖。聖保羅堂莊嚴宏大，下臨倫敦城；園裏的花透着上帝的微笑；候人比喻好運氣和歡樂在人生的大道上等着你；聖詹姆士公園（在聖詹姆士宮南）代表宮廷，溜冰和行獵代表英國人運動的嗜好。那幅溜冰圖古色古香，而且十足神氣。這些賀片原樣很大，也有小號的，誰都可以買來填上自己名字寄給人。此外有全金色的，晶瑩照眼；有「蝴蝶翅」的，閃閃的寶藍光；有雕空嵌花紗的，玲瓏剔透，如嚼冰雪。又有羊皮紙仿四摺本的；嵌銅片小風車的；嵌彩玻璃片聖母像的；嵌剪紙的鳥的；在貓頭鷹頭上粘羊毛的，都為的教人有實體感。

太太們也忙得可以的，張羅着親戚朋友丈夫孩子的禮物，張羅着裝飾屋子，聖誕樹，火雞等等。節前一個禮拜，每天電燈初亮時上牛津街一帶去看，步道上挨肩擦背匆匆來往的滿是辦年貨的；不用說是太太們多。裝飾屋子有兩件東西不可沒有，便是冬青和「蘋果寄生」（mistletoe）的枝子。前者教堂裏也用；後者卻只用在人家裏；大都插在高處。冬青取其青，有時還帶着小紅果兒；用以裝飾聖誕節，由來已久，有人疑心是基督教徒從羅馬風俗裏撿來的。「蘋果寄生」帶着白色小漿果兒，卻是英國土俗，至晚十七世紀初就用它了。從前在它底下，少年男人可以和任何女子接吻；但接吻後他得摘掉一粒果子。果子摘完了，就不准再在下面接吻了。

---

① 　馬利，瑪麗的舊譯。

聖誕樹也有種種裝飾，樹上掛着給孩子們的禮物，裝飾的繁簡大約看人家的情形。我在朋友的房東太太家看見的只是小小一株；據説從烏爾烏斯三六公司（貨價只有三便士六便士兩碼）買來，才六便士，合四五毛錢。可是放在餐桌上，青青的，的里瓜拉②掛着些耀眼的玻璃球兒，繞着樹更安排些「哀斯基摩人」③一類小玩意，也熱熱鬧鬧地湊趣兒。聖誕樹的風俗是從德國來的；德國也許是從斯堪第那維亞傳下來的。斯堪第那維亞神話裏有所謂世界樹，叫做「乙格抓西兒」（Yggdrasil），用根和枝子聯繫着天地幽冥三界。這是株枯樹，可是滴着蜜。根下是諸德之泉；樹中間坐着一隻鷹，一隻松鼠，四隻公鹿；根旁一條毒蛇，老是啃着根。松鼠上下竄，在頂上的鷹與聰敏的毒蛇之間挑撥是非。樹震動不得，震動了，地底下的妖魔便會起來搗亂。想着這段神話，現在的聖誕樹真是更顯得溫暖可親了。聖誕樹和那些冬青，「蘋果寄生」，到了來年六日一齊燒去；燒的時候，在場的都動手，為的是分點兒福氣。

聖誕節的晚上，在朋友的房東太太家裏。照例該吃火雞，酸梅布丁；那位房東太太手頭頗窘，卻還賣了幾件舊家具，買了一隻二十二磅重的大火雞來過節。可惜女僕不小心，烤枯了一點兒；老太太自個兒嘮叨了幾句，大節下，也就算了。可是火雞味道也並不怎樣特別似的。吃飯時候，大家一面扔紙球，一面扯花炮 —— 兩個人扯，有時只響一

---

② 的里瓜拉，即滴裏瓜拉，形容大大小小的一串串東西。
③ 哀斯基摩人，即愛斯基摩人，北極地區的土著民族。

下，有時還夾着小紙片兒，多半是帶着「愛」字兒的吉語。飯後做遊戲，有音樂椅子（椅子數目比人少一個；樂聲止時，眾人搶着坐），掩目吹蠟燭，抓瞎，搶人（分隊），搶氣球等等，大家居然一團孩子氣。最後還有跳舞。這一晚過去，第二天差不多甚麼都照舊了。

　　新年大家若無其事地過去；有些舊人家願意上午第一個進門的是個頭髮深，氣色黑些的人，説這樣人帶進新年是吉利的。朋友的房東太太那早晨特意通電話請一家熟買賣的掌櫃上她家去；他正是這樣的人。新年也賣曆本；人家常用的是老摩爾曆本（*Old Moore's Almanack*），書紙店裏買，價錢賤，只兩便士。這一年的，面上印着「喬治王陛下登極第二十三年」；有一塊小圖，畫着日月星地球，地球外一個圈兒，畫着黃道十二宮的像，如「白羊」「金牛」「雙子」等。古來星座的名字，取像於人物，也另有風味。曆本前有一整幅觀象圖，題道，「將來怎樣？」；「老摩爾告訴你」。從圖中看，老摩爾創於一千七百年，到現在已經二百多年了。每月一面，上欄可以説是「推背圖」，但沒有神祕氣；下欄分日數，星期，大事記，日出沒時間，月出沒時間，倫敦潮汛，時事預測各項。此外還有月盈缺表，各港潮汛表，行星運行表，三島集期表，郵政章程，大路規則，做點心法，養家禽法，家事常識。廣告也不少，賣丸藥的最多，滿是給太太們預備的；因為這種曆本原是給太太們預備的。

一九三四年十二月十七日

初到清華記

導讀

　　寫作本文時，朱自清先生已經在清華工作十年整了，其時已是清華大學中文系系主任。這是一個老資格的清華人回顧初和清華結緣時的情景，心態平和，回憶起來頗為有趣。

　　Furiously 一詞意為「狂暴地」，作為北大的畢業生，朱自清開始對清華學生的派頭，是帶着些調侃態度的，「一位清華學生在屋裏只穿單大褂，將出門卻套上厚厚的皮大氅」，這個傳神的細節，其實並不能夠傳達出清華學生甚麼「標勁兒」，更真切的，它傳達的是作為北大畢業生的朱自清的「成見」。這篇文章寫的其實可算是自己在清華求職、第一次「面試」時的經歷，第一段如此寫，也是一種欲揚先抑之筆吧。

　　因為當時北大在城內，清華在城外，朱自清初來清華，記着的便是去清華路途的遠和不便，這一點內容佔去兩大段，也就是文章的主體。當然，強調這種不便，同時也是在隱約透漏初去清華因未能準時而來的心急。見到教務長一節，也就是「面試」部分，沒有任何語言透漏具體交談的內容及自己的心情，似乎也是一種有意的克制，因為初次結緣，多少會有一些忐忑吧。「以後城內城外來往的多了，」最後一段，寫的已經是成為清華人之後的生活了，語調就明顯輕鬆幽默起來。

　　從前在北平讀書的時候，老在城圈兒裏呆着。四年中雖也遊過三五回西山，卻從沒來過清華；說起清華，只覺得很遠很遠而已。那時也不認識清華人，有一回北大和清華學生在青年會舉行英語辯論，我也去聽。清華的英語確是流利得多，他們勝了。那回的題目和內容，已忘記乾淨；只記得複辯時，清華那位領袖很神氣，引着孔子的甚麼話。北大答辯時，開頭就用了 furiously 一個字敍述這位領袖的態度。這個字也許太過，但也道着一點兒。那天清華學生是坐大汽車進城的，車便停在青年會前頭；那時大汽車還很少。那是冬末春初，天很冷。一位清華學生在屋裏只穿單大褂，將出門卻套上厚厚的皮大氅。這種「行」和「衣」的路數，在當時卻透着一股標勁兒。

　　初來清華，在十四年夏天。剛從南方來北平，住在朝陽門邊一個朋友家。那時教務長是張仲述先生，我們沒見面。我寫信給他，約定第三天上午去看他。寫信時也和那位朋友商量過，十點趕得到清華麼，從朝陽門那兒？他那時已經來過一次，但似乎只記得「長林碧草」，——他寫到南方給我的信這麼說——說不出路上究竟要多少時候。他勸我八點動身，僱洋車直到西直門換車，免得老等電車，又換來換去的，耽誤事。那時西直門到清華只有洋車直達；後來知道也可以搭香山汽車到海甸再乘洋車，但那是後來的事了。

　　第三天到了，不知是起得晚了些還是別的，跨出朋友家，已經九點掛零。心裏不免有點兒急，車夫走得也特別慢似的。到西直門換了車。據車夫說本有條小路，雨後積水，不通了；那只得由正道了。剛出城一段兒還認識，因為也是

去萬牲園的路；以後就茫然。到黃莊的時候，瞧着些屋子，以為一定是海甸①了；心裏想清華也就快到了吧，自己安慰着。快到真的海甸時，問車夫，「到了吧？」「沒哪。這是海 —— 甸。」這一下更茫然了。海甸這麼難到，清華要何年何月呢？而車夫說餓了，非得買點兒吃的。吃吧，反正豁出去了。這一吃又是十來分鐘。說還有三里多路呢。那時沒有燕京大學，路上沒甚麼看的，只有遠處淡淡的西山 —— 那天沒有太陽 —— 略略可解悶兒。好容易過了紅橋，喇嘛廟，漸漸看見兩行高柳，像穹門一般。十刹海②的垂楊雖好，但沒有這麼多這麼深，那時路上只有我一輛車，大有長驅直入的神氣。柳樹前一面牌子，寫着「入校車馬緩行」；這才真到了，心裏想，可是大門還夠遠的，不用說西院門又騙了我一次，又是六七分鐘，才真真到了。坐在張先生客廳裏一看鐘，十二點還欠十五分。

　　張先生住在乙所，得走過那「長林碧草」，那濃綠真可醉人。張先生客廳裏掛着一副有正書局印的鄧完白③隸書長聯。我有一個會寫字的同學，他喜歡鄧完白，他也有這一副對聯；所以我這時如見故人一般。張先生出來了。他比我高得多，臉也比我長得多，一眼看出是個頂能幹的人。我向他道歉來得太晚，他也向我道歉，說剛好有個約會，不能留我

————————

① 海甸，同「海淀」。
② 十刹海，同什刹海。
③ 鄧完白（1743 － 1850），名琰，字石如，號完白山人，清代書法大家，四體皆工，尤擅篆隸。

吃飯。談了不大工夫，十二點過了，我告辭。到門口，原車還在，坐着回北平吃飯去。過了一兩天，我就搬行李來了。這回卻坐了火車，是從環城鐵路朝陽門站上車的。

　　以後城內城外來往的多了，得着一個訣竅；就是在西直門一上洋車，且別想「到」清華，不想着不想着也就到了。──香山汽車也搭過一兩次，可真夠瞧的，兩條腿有時候簡直無放處，恨不得不是自己的。有一回，在海甸下了汽車，在現在「西園」後面那個小飯館裏，揀了臨街一張四方桌，坐在長凳上，要一碟苣蕾肉，兩張家常餅，二兩白玫瑰，吃着喝着，也怪有意思；而且還在那桌上寫了《我的南方》一首歪詩。那時海甸到清華一路常有窮女人或孩子跟着車要錢。他們除「您修好」等等常用語句外，有時會說「您將來做校長」，這是別處聽不見的。

　　　　　　　　　　　　一九三六年四月十八日

松堂遊記

● 導讀

　　《松堂遊記》記載的是 1934 年 6 月底朱自清夫婦和葉石蓀夫婦四人去北京西山松堂的三天遊玩。《潭柘寺 戒壇寺》一文，不交代清華中文系師生春遊一事，只寫個人的遊玩和所見，這裏也沒有過多交代因由，只寫了這三天裏個人對松堂的印象。也許在朱自清看來，這些背景於他是十分熟悉的事情，他更多的是為了自己保留記憶。

　　對天氣的擔憂無意中暴露了南方人的生活經驗，也委婉表達了出遊的期待。白皮松對於南方人不是常見之物，因此松堂四圍有着「靈秀的姿態，潔白的皮膚」的白皮松給他留下了深刻印象，接着寫松堂後面的假山和無梁殿、舊碉堡和石牌坊，如實記載而已，也是對這次遊玩周遭景象的記錄。最後兩段，是此次三日的松堂之遊中人的活動，等月亮、賭背詩詞，「我們隔着燭光彼此相看」，如此而已，又是朱自清散文很多時候的克制或曰簡潔，不需要讀者知道更多，只為自己的記憶留下一筆，或許也給讀者留下了一點想像的空間。而那種深入骨髓的寂靜和偷得浮生半日閒的輕輕歎息，是隱約可以感知的。

　　「堂中明窗淨几，坐下來清清楚楚覺得自己真太小，」「松樹的長影子陰森森的有點像鬼物拿土。」《松堂遊記》用筆節儉，時有新穎意外之筆，見出朱自清錘煉語言的功夫。

去年夏天，我們和 S 君夫婦在松堂住了三日。難得這三日的閒，我們約好了甚麼事不管，只玩兒，也帶了兩本書，卻只是預備閒得真沒辦法時消消遣的。

出發的前夜，忽然雷雨大作。枕上頗為悵悵，難道天公這麼不做美嗎！第二天清早，一看卻是個大晴天。上了車，一路樹木帶着宿雨，綠得發亮，地下只有一些水塘，沒有一點塵土，行人也不多。又靜，又乾淨。

想着到還早呢，過了紅山頭不遠，車卻停下了。兩扇大紅門緊閉着，門額是國立清華大學西山牧場。拍了一會門，沒人出來，我們正在沒奈何，一個過路的孩子說這門上了鎖，得走旁門。旁門上掛着牌子，「內有惡犬」。小時候最怕狗，有點趑趄。門裏有人出來，保護着進去，一面吆喝着汪汪的羣犬，一面只是說，「不礙不礙。」

過了兩道小門，真是豁然開朗，別有天地。一眼先是亭亭直上，又剛健又婀娜的白皮松。白皮松不算奇，多得好，你擠着我我擠着你也不算奇，疏得好，要像住宅的院子裏，四角上各來上一棵，疏不是？誰愛看？這兒就是院子大得好，就是四方八面都來得好。中間便是松堂，原是一座石亭子改造的，這座亭子高大軒敞，對得起那四圍的松樹，大理石柱，大理石欄杆，都還好好的，白，滑，冷。白皮松沒有多少影子，堂中明窗淨几，坐下來清清楚楚覺得自己真太小，在這樣高的屋頂下。樹影子少，可不熱，廊下端詳那些松樹靈秀的姿態，潔白的皮膚，隱隱的一絲兒涼意便襲上心頭。

堂後一座假山，石頭並不好，堆疊得還不算傻瓜。裏頭藏着個小洞，有神龕，石桌，石凳之類。可是外邊看，不仔

細看不出，得費點心去發現。假山上滿可以爬過去，不頂容易，也不頂難。後山有座無樑殿，紅牆，各色琉璃磚瓦，屋脊上三個瓶子，太陽裏古豔照人。殿在半山，巋然獨立，有俯視八極氣象。天壇的無樑殿太小，南京靈谷寺的太黯淡，又都在平地上。山上還殘留着些舊碉堡，是乾隆打金川時在西山練健銳雲梯營用的，在陰雨天或斜陽中看最有味。又有座白玉石牌坊，和碧雲寺塔院前那一座一般，不知怎樣，前年春天倒下了，看着怪不好過的。

可惜我們來的還不是時候，晚飯後在廊下黑暗裏等月亮，月亮老不上，我們甚麼都談，又賭背詩詞，有時也沉默一會兒。黑暗也有黑暗的好處，松樹的長影子陰森森的有點像鬼物拿土。但是這麼看的話，松堂的院子還差得遠，白皮松也太秀氣，我想起郭沫若君《夜步十里松原》那首詩，那才夠陰森森的味兒 —— 而且得獨自一個人。好了，月亮上來了，卻又讓雲遮去了一半，老遠地躲在樹縫裏，像個鄉下姑娘，羞答答的。從前人說：「千呼萬喚始出來，猶抱琵琶半遮面。」真有點兒！雲越來越厚，由他罷，懶得去管了。可是想，若是一個秋夜，颳點西風也好。雖不是真松樹，但那奔騰澎湃的「濤」聲也該得聽吧。

西風自然是不會來的。臨睡時，我們在堂中點上了兩三支洋蠟。怯怯的焰子讓大屋頂壓着，喘不出氣來。我們隔着燭光彼此相看，也像蒙着一層煙霧。外面是連天漫地一片黑，海似的。只有遠近幾聲犬吠，教我們知道還在人間世裏。

一九三五年五月十五日

北平淪陷那一天

導讀

　　經歷了北平淪陷這麼具有歷史意義的時刻，朱自清很難忘記，在記憶裏的幾乎每一個細節都是鮮明的。這是一篇翔實珍貴的寫實文章，如實記載了歷史重大變化的一整天情形。

　　這篇散文是如實記載，可寫得變化多端，令人難以忘懷。在淪陷的這一天裏，朱自清特意選取了自己和家人、警察、僕人、朋友各方身份不同的人物來觀察，同時選取了家裏、大街上、天空等幾個不同的場景，並特意展示北平城裏的人們及自己在消息瞬息萬變的那一天裏巨大的情緒起落。一篇千字文，承載了一個大城裏各色人等眾多的身影和神態。同時，語言的表達極具動感，長短句結合，烘托出一種忙亂驚慌的場景。最末一段，則反覆運用了感歎號，傳達了巨大的失望、沮喪以及不滅的信心，文章也到此戛然而止。種種修辭手段在這裏的運用，使得這麼一個小篇幅的文章，居然生動刻畫出了大動亂時北平全城的整體氛圍。從這個意義上來說，這是一篇兼具文學價值和歷史價值的優秀散文。

　　從此文和後面的《這一天》、《重慶一瞥》等散文作品，也可以看出抗戰對於朱自清這樣的純粹文人、這樣正直的知識分子的巨大觸動。他們從書齋裏走出，用手中的筆為抗戰吶喊，更為那個大時代留下自己力所能及的忠實記錄。

二十六年七月二十七日的下午，風聲很緊，我們從西郊搬到西單牌樓左近胡同裏朋友的屋子裏。朋友全家回南，只住着他的一位同鄉和幾個僕人。我們進了城，城門就關上了。街上有點亂，但是大體上還平靜。聽説敵人有哀的美敦書① 給我們北平的當局，限二十八日答複，實在就是叫咱們非投降不可。要不然，二十八日他們便要動手。我們那時雖然還猜不透當局的意思，但是看光景，背城一戰是不可免的。

二十八日那一天，在牀上便聽見隆隆的聲音。我們想，大概是轟炸西苑兵營了。趕緊起來，到胡同口買報去。胡同口正衝着西長安街。這兒有西城到東城的電車道，可是這當兒兩頭都不見電車的影子，只剩兩條電車軌在閃閃的發光。街上洋車也少，行人也少。那麼長一條街，顯得空空的，靜靜的。胡同口，街兩邊走道兒上卻站着不少閒人，東望望，西望望，都不做聲，像等着甚麼消息似的。街中間站着一個警察，沉着臉不説話。有一個騎車的警察，扶着車和他咬了幾句耳朵，又匆匆上車走了。

報上看出咱們是決定打了。我匆匆拿着報看着回到住的地方。隆隆的聲音還在稀疏地響着。午飯匆匆地吃了。門口接二連三地叫，「號外！號外！」買進來搶着看，起先説咱們搶回豐台，搶回天津老站了，後來説咱們搶回廊坊了，最後説咱們打進通州了。這一下午，屋裏的電話鈴也直響。有

名家散文必讀・朱自清

---

① 　哀的美敦，拉丁語「最後通牒」的音譯。

的朋友報告消息，有的朋友打聽消息。報告的消息有的從地方政府裏得來，有的從外交界得來，都和「號外」裏說的差不多。我們眼睛忙着看號外，耳朵忙着聽電話，可是忙得高興極了。

六點鐘的樣子，忽然有一架飛機嗡嗡地出現在高空中。大家都到院子裏仰起頭看，想看看是不是咱們中央的。飛機繞着彎兒，隨着彎兒，均勻地撒着一搭一搭的紙片兒，像個長尾巴似的。紙片兒馬上散開了，紛紛揚揚的像蝴蝶兒亂飛。我們明白了，這是敵人打得不好，派飛機來撒傳單冤人了。僕人們開門出去，在胡同裏撿了兩張進來，果然是的。滿紙荒謬的勸降的話。我們略看一看，便撕掉扔了。

天黑了，白天裏稀疏的隆隆的聲音卻密起來了。這時候屋裏的電話鈴也響得密起來了。大家在電話裏猜着，是敵人在進攻西苑了，是敵人在進攻南苑了。這是炮聲，一下一下響的是咱們的，兩下兩下響的是他們的。可是敵人怎麼就能夠打到西苑或南苑呢？誰都在悶葫蘆裏！一會兒警察挨家通知，叫塞嚴了窗戶跟門兒甚麼的，還得準備些土，拌上尿跟葱，說是夜裏敵人的飛機許來放毒氣。我們不相信敵人敢在北平城裏放毒氣。但是僕人們照着警察吩咐的辦了。我們焦急地等着電話裏的好消息，直到十二點才睡。睡得不壞，模糊的凌亂的做着勝利的夢。

二十九日天剛亮，電話鈴響了。一個朋友用確定的口氣說，宋哲元、秦德純昨兒夜裏都走了！北平的局面變了！就算歸了敵人了！他說昨兒的好消息也不是全沒影兒，可是說得太熱鬧些。他說我們現在像從天頂上摔下來了，可是別

灰心！瞧昨兒個大家那麼焦急地盼望勝利的消息，那麼熱烈地接受勝利的消息，可見北平的人心是不死的。只要人心不死，最後的勝利終久是咱們的！等着瞧罷，北平是不會平靜下去的，總有那麼一天，咱們會更熱鬧一下。那就是咱們得着決定的勝利的日子！這個日子不久就會到來的！我相信我的朋友的話句句都不錯！

一九三九年六月　昆明

這 一 天

◖ **導讀**

　　此篇沒有發表過，未入集。這一天是中國抗戰兩週年的紀念日，其時朱自清先生在昆明西南聯大任教。這天昆明各界舉行抗戰兩週年紀念會，朱自清出席，西南聯大的大部分師生也參加了為抗日獻金及宣傳活動，回到家後，素來沉靜溫和的朱自清先生，也為抗戰紀念會的熱情鼓動，提筆迅疾寫下了這篇簡短而有力、充滿希望和信心的短文。

　　文章的基調是熱情昂揚的，當然也不僅僅是為抗戰兩週年紀念會上人們的熱情和信心所鼓舞，從 1931 年東北淪陷開始，至 1937 年進入正式的全民抗戰階段，抗戰初期的台兒莊大捷、平型關大戰極大地鼓舞了全國人民的信心，也粉碎了日本人三個月內征服中國的狂妄計劃。朱自清此時也充滿了抗戰必勝的信心。此文極為簡短，始終用一種對比的方式結構全文。

　　1944 年 ，朱自清先生又寫了《新中國在望中》一文，依然保持着樂觀的嚮往。

這一天是我們新中國誕生的日子。

從二十六年這一天以來，我們自己，我們的友邦，甚至我們的敵人，開始認識我們新中國的面影。

從前只知道我們是文化的古國，我們自己只能有意無意地誇耀我們的老，世界也只有意無意地誇獎我們的老。同時我們不能不自傷老大，自傷老弱；世界也無視我們這老大的老弱的中國。中國幾乎成了一個歷史上的或地理上的名詞。

從兩年前這一天起，我們驚奇我們也能和東亞的強敵抗戰，我們也能迅速地現代化，迎頭趕上去。世界也刮目相看，東亞病夫居然奮起了，睡獅果然醒了。從前只是一大塊沃土，一大盤散沙的死中國，現在是有血有肉的活中國了。從前中國在若有若無之間，現在確乎是有了。

從兩年後的這一天看，我們不但有光榮的古代，而且有光榮的現代；不但有光榮的現代，而且有光榮的將來無窮的世代。新中國在血火中成長了。

「雙十」是我們新中國孕育的日子，「七七」是我們新中國誕生的日子。

一九三九年七月七日

重 慶 一 瞥

◖ 導讀

　　1940 年暑假，朱自清從昆明西南聯大回成都看望生病的夫人陳竹隱，期間路經陪都重慶時曾逗留一週，這是一年後回想起時寫下的不足千字的短文，短小精悍，沒有多餘的文字，內容集中、充實，是真正的短短「一瞥」。

　　整篇文章寫的是對這個自己已有不少了解或者先入之見的陪都的真實感受。先寫重慶的大，再寫對重慶是否「俗氣」的親身體驗，朱自清用詩一般的筆觸描繪了自己分別在早晨和傍晚看到的重慶，尤其是重慶夜景：「一盞燈一個眼睛，傳遞着密語，像旁邊沒有一個人。」匆匆而過的朱自清對戰時陪都都充滿了溫情的理解。這是表面上的重慶留給作者的好印象，印證了其大，否定其俗氣。最後一段是對被日寇轟炸的重慶的信心。

　　所以整篇文章寫的是自己對重慶的印象和認識，但因為重慶作為戰時陪都的特殊地位，這種好的印象和樂觀的理解，也就委婉傳達了朱自清對於抗戰前途的信心。這內在的一點，和直接抒發這種情緒的《這一天》是一致的。文章有着朱自清散文一貫的自然風度，也有一貫的精彩比喻手法的運用。

重慶的大，我這兩年才知道。從前只知重慶是一個島，而島似乎總大不到哪兒去的。兩年前聽得一個朋友談起，才知道不然。他一向也沒有把重慶放在心上。但抗戰前二年走進夔門一看，重慶簡直跟上海差不多；那時他確實吃了一驚。我去年七月到重慶時，這一驚倒是幸而免了。卻是，住了一禮拜，跑的地方不算少，並且帶了地圖在手裏，而離開的時候，重慶在我心上還是一座丈八金身，摸不着頭腦。重慶到底好大，我現在還是説不出。

　　從前許多人，連一些四川人在內，都説重慶熱鬧，俗氣，我一向信為定論。然而不盡然。熱鬧，不錯，這兩年更其是的；俗氣，可並不然。我在南岸一座山頭上住了幾天。朋友家有一個小廊子，和重慶市面對面兒。清早江上霧濛濛的，霧中隱約着重慶市的影子。重慶市南北夠狹的，東西卻夠長的，展開來像一幅扇面上淡墨輕描的山水畫。霧漸漸消了，輪廓漸漸顯了，扇上面着了顏色，但也只淡淡兒的，而且陰天晴天差不了多少似的。一般所説的俗陋的洋房，隔了一衣帶水卻出落得這般素雅，誰知道！再説在市內，傍晚的時候我跟朋友在棗子嵐埡、觀音巖一帶散步，電燈亮了，上上下下，一片一片的是星的海，光的海。一盞燈一個眼睛，傳遞着密語，像旁邊沒有一個人。沒有人，還哪兒來的俗氣？

　　從昆明來，一路上想，重慶經過那麼多回轟炸，景象該很慘罷。報上雖不説起，可是想得到的。可是，想不到的！我坐轎子，坐洋車，坐公共汽車，看了不少的街，炸痕是有的，瓦礫場是有的，可是，我不得不吃驚了，整個的重慶市

還是堂皇偉麗的！街上還是川流不息的車子和步行人，擠着挨着，一個垂頭喪氣的也沒有。有一早上坐在黃家埡口那家寬敞的豆乳店裏，街上開過幾輛炮車。店裏的人都起身看，沿街也聚着不少的人。這些人的眼裏都充滿了安慰和希望。只要有安慰和希望，怎麼轟炸重慶市的景象也不會慘的。我恍然大悟了。——只看去年秋天那回大轟炸以後，曾幾何時，我們的陪都不是又建設起來了嗎！

一九四一年三月十四日

人話

◖ **導讀**

　　這是一篇頗具知識性和趣味性的小品文。在昆明的朱自清先生，從北平人一句常用的罵人的口頭禪式語言中的一個詞「人話」，極其耐心地細細玩味、剖析，結合自己以前在北平多年的生活經驗，寫出了這麼一篇富於生活氣息又具有風趣和智慧的隨筆式的文字。身處昆明，完全沉溺在對北平日常生活用語的玩味之中，也有點寄託情懷的意味。

　　從「人話」這個詞入手，細究北平人講求禮節的背後，其實是要教給人做人的道理，對北平人的多禮給予了不同於很多人的肯定。在接下來的一段，進一步將其他地方所謂的「講理」和「人話」進行比較，找出它們的共通點，得出的結論是：「所謂做人的道理大概指的恕道，就是孔子所說的『己所不欲，勿施於人』。」這是這篇短文的主旨。

　　從一個詞出發，發現北平人價值觀念某方面的特點，有點類似於我們現在所說的人文社科研究中找出「關鍵詞」的思考方法。而「人話」這個「關鍵詞」，又實在是太普通、太常用以致從不被人注意，朱自清先生卻由此有所發現，並推演和提倡一種傳統的倫理，可謂獨具慧眼，也體現出一個訓練有素的學者的學養和一個優秀作家的獨到眼光。

在北平呆過的人總該懂得「人話」這個詞兒。小商人和洋車夫等等彼此動了氣，往往破口問這麼句話：

你懂人話不懂？——要不就說：

你會說人話不會？

這是一句很重的話，意思並不是問對面的人懂不懂人話，會不會說人話，意思是罵他不懂人話，不會說人話。不懂人話，不會說人話，乾脆就是畜生！這叫拐着彎兒罵人，又叫罵人不帶髒字兒。不帶髒字兒是不帶髒字兒，可到底是「罵街」，所以高尚人士不用這個詞兒。他們生氣的時候也會說「不通人性」，「不像人」，「不是人」，還有「不像話」，「不成話」等等，可就是不肯用「人話」這個詞兒。「不像話」、「不成話」，是沒道理的意思；「不通人性」、「不像人」、「不是人」還不就是畜生？比起「不懂人話」，「不說人話」來，還少拐了一個彎兒呢。可是高尚人士要在人背後才說那些話，當着面大概他們是不說的。這就聽着火氣小，口氣輕似的，聽慣了這就覺得「不通人性」、「不像人」、「不是人」那幾句來得斯文點兒，不像「人話」那麼野。其實，按字面兒說，「人話」倒是個含蓄的詞兒。

北平人講究規矩，他們說規矩，就是客氣。我們走進一家大點兒的鋪子，總有個夥計出來招待，哈哈腰說，「您來啦！」出來的時候，又是個夥計送客，哈哈腰說，「您走啦，不坐會兒啦？」這就是規矩。洋車夫看同夥的問好兒，總說，「您老爺子好？老太太好？」「您少爺在哪兒上學？」從不說「你爸爸」，「你媽媽」，「你兒子」，可也不會說「令尊」、「令堂」、「令郎」那些個，這也是規矩。有

的人覺得這些都是假仁假義，假聲假氣，不天真，不自然。他們說北平人有官氣，說這些就是憑據。不過天真不容易表現，有時也不便表現。只有在最親近的人面前，天真才有流露的機會，再說天真有時就是任性，也不一定是可愛的。所以得講規矩。規矩是調節天真的，也就是「禮」，四維之首的「禮」。禮須要調節，得有點兒做作是真的，可不能說是假。調節和做作是為了求中和，求平衡，求自然 —— 這兒是所謂「習慣成自然」。規矩也罷，禮也罷，無非教給人做人的道理。我們現在到過許多大城市，回想北平，似乎講究規矩並不壞，至少我們少碰了許多硬釘子。講究規矩是客氣，也是人氣，北平人愛說的那套話都是他們所謂「人話」。

別處人不用「人話」這個詞兒，只說講理不講理，雅俗通用。講理是講理性，講道理。所謂「理性」（這是老名詞，重讀「理」字，翻譯的名詞「理性」，重讀「性」字）自然是人的理性，所謂道理也就是做人的道理。現在人愛說「合理」，那個「理」的意思比「講理」的「理」寬得多。「講理」當然「合理」，這是常識，似乎用不着檢出西哲亞里士多德的大帽子，說「人是理性的動物」。可是這句話還是用得着，「講理」是「理性的動物」的話，可不就是「人話」？不過不講理的人還是不講理的人，並不明白地包含着「不懂人話」、「不會說人話」所包含着的意思。講理不一定和平，上海的「講茶」就常教人觸目驚心的。可是看字面兒，「你講理不講理？」的確比「你懂人話不懂？」「你會說人話不會？」和平點兒。「不講理」比「不懂人話」、「不

會說人話」多拐了個彎兒，就不至於影響人格了。所謂做人的道理大概指的恕道，就是孔子所說的「己所不欲，勿施於人」。而「人話」要的也就是恕道。按說「理」這個詞兒其實有點兒灰色，趕不上「人話」那個詞兒鮮明，現在也許有人覺得還用得着這麼個鮮明的詞兒。不過向來的小商人洋車夫等等把它用得太鮮明了，鮮明得露了骨，反而糟蹋了它，這真是怪可惜的。

一九四三年五月二十五日

重慶行記

導讀

　　《重慶一瞥》主旨明確,傳達了對於抗戰的信心。《重慶行記》則無這種寄託,只是客觀地寫在重慶四日行程中的所見。五千餘字,篇幅不短,分別從「飛」、「熱」、「行」、「衣」四個角度寫對重慶的觀感,寫「飛」的這一節,自然是「行記」,卻與「重慶」關係並不大,內容有點游離,主要在寫關於航海和飛行時觀景的議論,本可不寫這樣多篇幅,但因為是在《中央日報・星期增刊》上分四次連載,每天必須保持大致一樣的篇幅,這顯示出連載體對文章的影響。真正的「重慶行記」,應該是「熱」、「行」、「衣」三節,這才真正刻畫了一直被稱為「山城」、「火爐」的重慶不同於昆明的地方。

　　連載對文章其他影響也可看出,發表時間從 1944 年 9 月 10 日到 10 月 1 日,前後二十天時間,文章寫作的時間也可能不短,隨着感受的加深,寫作也更為從容、漂亮,四部分中,稍嫌牽強的是第一部分,而分量最重、最精彩的是第四部分「衣」,可能緣於此。

　　第四部分「衣」,筆致自由、從容,無拘無束,搖曳生姿。寫重慶的「衣」,卻首先從桂林的「衣」開始,又牽扯進記憶中北平和昆明自己見到的兩位教授的裝扮,最後才寫重慶的「夏威

衣」，信息量大，增長見識，行文看似嚴謹，內裏有一種深潛的幽默，展現了朱自清散文的獨特風姿。作為讀者，我們可能最後會稍感遺憾，不知重慶女子的「衣」，又有甚麼樣的風采？

這回暑假到成都看看家裏人和一些朋友，路過陪都，停留了四日。每天真是東遊西走，幾乎車不停輪，腳不停步。重慶真忙，像我這個無事的過客，在那大熱天裏，也不由自主地好比在旋風裏轉，可見那忙的程度。這倒是現代生活現代都市該有的快拍子。忙中所見，自然有限，並且模糊而不真切。但是換了地方，換了眼界，自然總覺得新鮮些，這就乘興記下了一點兒。

飛

我從昆明到重慶是飛的。人們總羨慕海闊天空，以為一片茫茫，無邊無界，必然大有可觀。因此以為坐海船坐飛機是「不亦快哉」！其實也未必然。暈船暈機之苦且不談，就是不暈的人或不暈的時候，所見雖大，也未必可觀。海洋上見的往往是一片汪洋，水，水，水。當然有浪，但是浪小了無可看，大了無法看——那時得躲進艙裏去。船上看浪，遠不如岸上，更不如高處。海洋裏看浪，也不如江湖裏，海洋裏只是水，只是浪，顯不出那大氣力。江湖裏有的是遮遮礙礙的，山哪，城哪，甚麼的，倒容易見出一股勁兒。「江間波浪兼天湧」為的是巫峽勒住了江水；「波撼岳陽城」，得有那岳陽城，並且得在那岳陽城樓上看。

不錯，海洋裏可以看日出和日落，但是得有運氣。日出和日落全靠雲霞烘托才有意思。不然，一輪呆呆的日頭簡直是個大傻瓜！雲霞烘托雖也常有，但往往淡淡的，懶懶的，那還是沒意思。得濃，得變，一眨眼一個花樣，層出不窮，才有看頭。這是可遇而不可求的。平生只見過兩回的落

日，都在陸上，不在水裏。水裏看見的，日出也罷，日落也罷，只是些傻瓜而已。這種奇觀若是有意為之，大概白費氣力居多。有一次大家在衡山上看日出，起了個大清早等着。出來了，出來了，有些人跳着嚷着。那時一絲雲彩沒有，日光直射，教人睜不開眼，不知那些人看到了些甚麼，那麼跳跳嚷嚷的。許是在自己催眠吧。自然，海洋上也有美麗的日落和日出，見於記載的也有。但是得有運氣，而有運氣的並不多。

讚歎海的文學，描摹海的藝術，創作者似乎是在船裏的少，在岸上的多。海太大太單調，真正偉大的作家也許可以單刀直入，一般離了岸卻掉不出槍花來，像變戲法的離開了道具一樣。這些文學和藝術引起未曾航海的人許多幻想，也給予已經航海的人許多失望。天空跟海一樣，也大也單調。日月星的，雲霞的文學和藝術似乎不少，都是下之視上，說到整個兒天空的卻不多。星空，夜空還見點兒，晝空除了「青天」「明藍的晴天」或「陰沉沉的天」一類詞兒之外，好像再沒有甚麼說的。但是初次坐飛機的人雖無多少文學藝術的背景幫助他的想像，卻總還有那「天寬任鳥飛」的想像；加上別人的經驗，上之視下，似乎不只是蒼蒼而已，也有那翻騰的雲海，也有那平鋪的錦繡。這就夠揣摩的。

但是坐過飛機的人覺得也不過如此，雲海飄飄拂拂地瀰漫了上下四方，的確奇。可是高山上就可以看見；那可以是雲海外看雲海，似乎比飛機上雲海中看雲海還清切些。蘇東坡說得好：「不識廬山真面目，只緣身在此山中。」飛機上看雲，有時卻只像一堆堆破碎的石頭，雖也算得天上人間，

可是我們還是願看流雲和停雲，不願看那死雲，那荒原上的亂石堆。至於錦繡平鋪，大概是有的，我卻還未眼見。我只見那「亞洲第一大水揚子江」可憐得像條臭水溝似的。城市像地圖模型，房屋像兒童玩具，也多少給人滑稽感。自己倒並不覺得怎樣藐小，卻只不明白自己是甚麼玩意兒。假如在海船裏有時會覺得自己是傻子，在飛機上有時便會覺得自己是丑角吧。然而飛機快是真的，兩點半鐘，到重慶了，這倒真是個「不亦快哉」！

熱

昆明雖然不見得四時皆春，可的確沒有一般所謂夏天。今年直到七月初，晚上我還隨時穿上襯絨袍。飛機在空中走，一直不覺得熱，下了機過渡到岸上，太陽曬着，也還不覺得怎樣熱。在昆明聽到重慶已經很熱。記得兩年前端午節在重慶一間屋裏坐着，甚麼也不做，直出汗，那是一個時雨時晴的日子。想着一下機必然汗流浹背，可是過渡花了半點鐘，滿曬在太陽裏，汗珠兒也沒有沁出一個。後來知道前兩天剛下了雨，天氣的確清涼些，而感覺既遠不如想像之甚，心裏也的確清涼些。

滑竿沿着水邊一線的泥路走，似乎隨時可以滑下江去，然而畢竟上了坡。有一個坡很長，很寬，鋪着大石板。來往的人很多，他們穿着各樣的短衣，搖着各樣的扇子，真夠熱鬧的。片段的顏色和片段的動作混成一幅斑駁陸離的畫面，像出於後期印象派之手。我賞識這幅畫，可是好笑那些人，尤其是那些扇子。那些扇子似乎只是無所謂地機械地搖着，

好像一些無事忙的人。當時我和那些人隔着一層扇子，和重慶也隔着一層扇子，也許是在滑竿兒上坐着，有人代為出力出汗，會那樣心地清涼罷。

第二天上街一走，感覺果然不同，我分別了重慶的熱了。扇子也買在手裏了。穿着成套的西服在大太陽裏等大汽車，等到了車，在車裏擠着，實在受不住，只好脱了上裝，摺起掛在膀子上。有一兩回勉強穿起上裝站在車裏，頭上臉上直流汗，手帕子簡直揩抹不及，眉毛上，眼鏡架上常有汗偷偷地滴下。這偷偷滴下的汗最教人擔心，擔心它會滴在面前坐着的太太小姐的衣服上，頭臉上，就不是太太小姐，而是紳士先生，也夠那個的。再説若碰到那脾氣躁的人，更是吃不了兜着走。曾在北平一家戲園裏見某甲無意中碰翻了一碗茶，潑些在某乙的竹布長衫上，某甲直説好話，某乙卻一聲不響地拿起茶壺向某甲身上倒下去。碰到這種人，怕會大鬧街車，而且是越鬧越熱，越熱越鬧，非到憲兵出面不止。

話雖如此，幸而倒沒有出甚麼岔兒，不過為甚麼偏要白白地將上裝掛在膀子上，甚至還要勉強穿上呢？大概是為的繃一手兒罷。在重慶人看來，這一手其實可笑，他們的夏威夷短褲兒照樣繃得起，何必要多出汗呢？這兒重慶人和我到底還隔着一個心眼兒。再就説防空洞罷，重慶的防空洞，真是大大有名。死心眼兒的以為防空洞只能防空，想不到也能防熱的，我看沿街的防空洞大半開着，洞口橫七豎八地安些牀鋪、馬扎、椅子、凳子，橫七豎八地坐着、躺着各樣衣着的男人、女人。在街心裏走過，瞧着那懶散的樣子，未免有點兒煩氣。這自然是死心眼兒，但是多出汗又好煩氣，我似

乎倒比重慶人更感到重慶的熱了。

行

衣食住行，為甚麼卻從行說起呢？我是行客，寫的是行記，自然以為行第一。到了重慶，得辦事，得看人，非行不可，若是老在屋裏坐着，壓根兒我就不會上重慶來了。再說昆明市區小，可以走路；反正住在那兒，這回辦不完的事，還可以留着下回辦，不妨從從容容的，十分忙或十分懶的時候，才偶爾坐回黃包車、馬車或公共汽車。來到重慶可不能這麼辦，路遠、天熱、日子少、事情多，只靠兩腿怎麼也辦不了。況這兒的車又相應、又方便，又何樂而不坐坐呢？

前幾年到重慶，似乎坐滑竿最多，其次黃包車，其次才是公共汽車。那時重慶的朋友常勸我坐滑竿，因為重慶東到西長，有一圈兒馬路，南到北短，中間卻隔着無數層坡兒。滑竿可以爬坡，黃包車只能走馬路，往往要兜大圈子。至於公共汽車，常常擠得水洩不通，半路要上下，得費出九牛二虎之力，所以那時我總是起點上終點下的多，回數自然就少。坐滑竿上下坡，一是腳朝天，一是頭衝地，有些驚人，但不要緊，滑竿夫倒把得穩。從前黃包車下打銅街那個坡，卻真有驚人的着兒，車夫身子向後微仰，兩手緊壓着車把，不拉車而讓車子推着走，腳底下不由自主地忽緊忽慢，看去有時好像不點地似的，但是一個不小心，壓不住車把，車子會翻過去，那時真是腳不點地了，這夠險的。所以後來黃包車禁止走那條街，滑竿現在也限制了，只准上坡時坐。可是公共汽車卻大進步了。

這回坐公共汽車最多，滑竿最少。重慶的公用汽車分三類，一是特別快車，只停幾個大站，一律廿五元，從哪兒坐到哪兒都一樣，有些人常揀那候車人少的站口上車，兜個圈子回到原處，再向目的地坐；這樣還比走路省時省力，比僱車省時省力省錢。二是專車，只來往政府區的上清寺和商業區的都郵街之間，也只停大站，廿五元。三是公共汽車，站口多，這回沒有坐，好像一律十五元，這種車比較慢，行客要的是快，所以我沒有坐。慢固然因停得多，更因為等得久。重慶汽車，現在很有秩序了，大家自動地排成單行，依次而進，坐位滿人，賣票人便宣佈還可以擠幾個，意思是還可以「站」幾個。這時願意站的可以上前去，不妨越次，但是還得一個跟一個「擠」滿了，賣票宣佈停止，叫等下次車，便關門吹哨子走了。公共汽車站多價賤，排班老是很長，在腰站上，一次車又往往上不了幾個，因此一等就是二三十分鐘，行客自然不能那麼耐着性兒。

衣

二十七年春初過桂林，看見滿街都是穿灰布制服的，長衫極少，女子也只穿灰衣和裙子。那種整齊，利落，樸素的精神，叫人肅然起敬；這是有訓練的公眾。後來聽說外面人去得多了，長衫又多起來了。國民革命以來，中山服漸漸流行，短衣日見其多，抗戰後更其盛行。從前看不起軍人，看不慣洋人，短衣不願穿，只有女人才穿兩截衣，哪有堂堂男子漢去穿兩截衣的。可是時世不同了，男子倒以短裝為主，女子反而穿一截衣了。桂林長衫增多，增多的大概是些舊長

衫，只算是迴光返照。可是這兩三年各處卻有不少的新長衫出現，這是因為公家發的平價布不能做短服，只能做長衫，是個將就局兒。相信戰後材料方便，還要回到短裝的，這也是一種現代化。

四川民眾苦於多年的省內混戰，對於兵字深惡痛絕，特別稱為「二尺五」和「棒客」，列為一等人。我們向來有「短衣幫」的名目，是泛指，「二尺五」卻是特指，可都是看不起短衣。四川似乎特別看重長衫，鄉下人趕場或入市，往往頭纏白布，腳登草鞋，身上卻穿着青布長衫。是粗布，有時很長，又常東補一塊，西補一塊的，可不含糊是長衫。也許向來是天府之國，衣食足而後知禮義，便特別講究儀表，至今還留着些流風餘韻罷？然而城市中人卻早就在趕時髦改短裝了。短裝原是洋派，但是不必遺憾，趙武靈王不是改了短裝強兵強國嗎？短裝至少有好些方便的地方：夏天穿個襯衫短褲就可以大模大樣地在街上走，長衫就似乎不成。只有廣東天熱，又不像四川在意小節，短衫褲可以行街。可是所謂短衫褲原是長褲短衫，廣東的短衫又很長，所以還行得通，不過好像不及襯衫短褲的派頭。

不過襯衫短褲似乎到底是便裝，記得北平有個大學開教授會，有一位教授穿襯衫出入，居然就有人提出風紀問題來。三年前的夏季，在重慶我就見到有穿襯衫赴宴的了，這是一位中年的中級公務員，而那宴會是很正式的，座中還有位老年的參政員。可是那晚的確熱，主人自己脫了上裝，又請客人寬衣，於是短衫和襯衫圍着圓桌子，大家也就一樣了。西服的客人大概搭着上裝來，到門口穿上，到屋裏經主

人一聲「寬衣」，便又脫下，告辭時還是搭着走。其實真是多此一舉，那麼熱還繃個甚麼呢？不如襯衫入座倒乾脆些。可是中裝的卻得穿着長衫來去，只在室內才能脫下。西服客人累累贅贅帶着上裝，倒可以陪他們受點兒小罪，叫他們不至於因為這點不平而對於世道人心長籲短歎。

戰時一切從簡，襯衫赴宴正是「從簡」。「從簡」提高了便裝的地位，於是乎造成了短便裝的風氣。先有皮茄克，春秋冬三季（在昆明是四季），大街上到處都見，黃的、黑的、拉鏈的、扣鈕的、收底的、不收底邊的，花樣繁多。穿的人青年中年不分彼此，只除了六十以上的老頭兒。從前穿的人多少帶些個「洋」關係，現在不然，我曾在昆明鄉下見過一個種地的，穿的正是這皮茄克，雖然舊些。不過還是司機穿的最早，這成了司機文化一個重要項目。皮茄克更是哪兒都可去，昆明我的一位教授朋友，就穿着一件老皮茄克教書、演講、赴宴、參加典禮，到重慶開會，差不多是皮茄克為記。這位教授穿皮茄克，似乎在學晏子穿狐裘，三十年就靠那一件衣服，他是不是趕時髦，我不能冤枉人，然而皮茄克上了運是真的。

再就是我要說的這兩年至少在重慶風行的夏威夷襯衫，簡稱夏威夷衫，最簡稱夏威衣。這種襯衫創自夏威夷，就是檀香山，原是一種土風。夏威夷島在熱帶，譯名雖從音，似乎也兼義。夏威夷衣自然只宜於熱天，只宜於有「夏威」的地方，如中國的重慶等。重慶流行夏威衣卻似乎只是近一兩年的事。去年夏天一位朋友從重慶回到昆明，說是曾看見某首長穿着這種衣服在別墅的路上散步，雖然在黃昏時分，我

的這位書生朋友總覺得不大像樣子。今年我卻看見滿街都是的，這就是所謂上行下效罷？

夏威衣翻領像西服的上裝，對襟面袖，前後等長，不收底邊，不開岔兒，比襯衫短些。除了翻領，簡直跟中國的短衫或小衫一般無二。但短衫穿不上街，夏威衣即可堂哉皇哉在重慶市中走來走去。那翻領是具體而微的西服，不缺少洋味，至於涼快，也是有的。夏威衣的確比襯衫通風；而看起來飄飄然，心上也爽利。重慶的夏威衣五光十色，好像白綢子黃卡機①居多，土布也有，綢的便更見其飄飄然，配長褲的好像比配短褲的多一些。在人行道上有時通過持續來了三五件夏威衣，一陣飄過去似的，倒也別有風味，參差零落就差點勁兒。夏威衣在重慶似乎比皮茄克還普遍些，因為便宜得多，但不知也會像皮茄克那樣上品否。到了成都時，宴會上遇見一位上海新來的青年襯衫短褲入門，卻不喜歡夏威衣（他說上海也有），說是無禮貌。這可是在成都、重慶人大概不會這樣想吧？

一九四四年九月

①　卡機，咔嘰的舊譯，一種斜紋布。

話中有鬼

《話中有鬼》的寫作，和《人話》有異曲同工之妙，所寫具體內容不同，但都是由對日常話語的細細推敲，敷衍出富於知識性、趣味性的文章。《話中有鬼》一篇，內容更為駁雜，涉及的日常用語更多。《人話》有相對集中的主旨，《話中有鬼》則顯得散漫無羈，思維到哪兒文字隨之，沒有更深的寄託，而是充分沉溺到對各種「鬼話」的玩味之中，你也可以將之視為遊戲文字，但它同時是充滿智慧的文字。

因為寫作的無拘無束，文章沒有呈現出稍微清晰的內在邏輯，段落的起訖跳脫無羈，讀者也無需理出秩序來，只需隨着一句又一句「鬼話」的出現，體會其含義，對漢字、漢語的某些構造和使用的規律，能稍微有會於心，即是閱讀的快樂和收穫。朱自清先生有自己特殊的發現，比如說：「鬼其實是代人受過的影子。」這是由對很多「鬼話」的揣摩得出的結論，真實啟迪智慧。而在對三十多個「有鬼」的「話」的玩味之中，朱自清也發現，「鬼話」常常是負面的，卻也往往巧妙地傳達出喜愛和親暱等正面的意思。

也因此這篇文章有很濃的遊戲意味，又充滿智慧，更為重要的是，它通過一個個詞的玩味，以生動的實例充分顯示了漢字、

漢語的魅力和美。

　　這篇散文的成功，也許可以啟發我們，散文並非一定要議論抒情，一定要關注現實，但是必須要有知識和素養，尤其需要「用心」。

不管我們相信有鬼或無鬼，我們的話裏免不了有鬼。我們話裏不但有鬼，並且鑄造了鬼的性格，描畫了鬼的形態，賦予了鬼的才智。憑我們的話，鬼是有的，並且是活的。這個來歷很多，也很古老，我們有的是鬼傳說，鬼藝術，鬼文學。但是一句話，我們照自己的樣子創出了鬼，正如宗教家的上帝照他自己的樣子創出了人一般。鬼是人的化身，人的影子。我們討厭這影子，有時可也喜歡這影子。正因為是自己的化身，才能說得活靈活現的，才會老掛在嘴邊兒上。

「鬼」通常不是好詞兒。說「這個鬼！」是在罵人，說「死鬼」也是的。還有「煙鬼」、「酒鬼」、「饞鬼」等，都不是好話。不過罵人有怒罵，也有笑罵；怒罵是恨，笑罵卻是愛——俗語道，「打是疼，罵是愛」，就是明證。這種罵儘管罵的人裝得牙癢癢的，挨罵的人卻會覺得心癢癢的。女人喜歡罵人「鬼……」，「死鬼！」大概就是這個道理。至於「刻薄鬼」，「嗇刻鬼」，「小氣鬼」等，雖然不大惹人愛似的，可是笑嘻嘻地罵着，也會給人一種熱，光卻不會有——鬼怎麼會有光？光天化日之下怎麼會有鬼呢？固然也有「白日見鬼」這句話，那跟「見鬼」，「活見鬼」一樣，只是說你「與鬼為鄰」，說你是個鬼。鬼沒有陽氣，所以沒有光。所以只有「老鬼」，「小鬼」，沒有「少鬼」，「壯鬼」，老年人跟小孩子陽氣差點兒，憑他們的年紀就可以是鬼，青年人，中年人陽氣正盛，不能是鬼。青年人，中年人也可以是鬼，但是別有是鬼之道，不關年紀。「閻王好見，小鬼難當」，那「小」的是地位，所以可怕可恨；若

憑年紀，「老鬼」跟「小鬼」倒都是恨也成，愛也成。——
若說「小鬼頭」，那簡直還親親兒的，熱熱兒的。又有人
愛說「鬼東西」，那也還只是鬼，「鬼」就是「東西」，「東
西」就是「鬼」。總而言之，鬼貪，鬼小，所以「有錢使得
鬼推磨」；鬼是一股陰氣，是黑暗的東西。人也貪，也小，
也有黑暗處，鬼其實是代人受過的影子。所以我們只說「好
人」，「壞人」，卻只說「壞鬼」；恨也罷，愛也罷，從來沒
有人說「好鬼」。

「好鬼」不在話下，「美鬼」也不在話下，「醜鬼」倒常
聽見。說「鬼相」，說「像個鬼」，也都指鬼而言。不過醜
的未必就不可愛，特別像一個女人說「你看我這副鬼相！」
「你看我像個鬼！」她真會想教人討厭她嗎？「做鬼臉」也是
鬼，可是往往惹人愛，引人笑。這些都是醜得有意思。「鬼
頭鬼腦」不但醜，並且醜得小氣。「鬼膽」也是小的，「鬼
心眼兒」也是小的。「鬼胎」不用說的怪胎，「懷着鬼胎」不
用說得擔驚害怕。還有，書上說，「冷如鬼手馨！」鬼手是
冰涼的，屍體原是冰涼的。「鬼叫」，「鬼哭」都刺耳難聽。
——「鬼膽」和「鬼心眼兒」卻有人愛，為的是怪可憐見
的。從我們話裏所見的鬼的身體，大概就是這一些。

再說「鬼鬼祟祟的」雖然和「鬼頭鬼腦」差不多，可
只描畫那小氣而不光明的態度，沒有指出身體部分。這就
跟着「出了鬼！」「其中有鬼！」。固然，「鬼」，「詭」同
音，但是究竟因「鬼」而「詭」，還是因「詭」而「鬼」，
似乎是個兜不完的圈子。我們也說「出了花樣」，「其中有
花樣」，「花樣」正是「詭」，是「譎」；鬼是詭譎不過的，

所以花樣多的人，我們說他「鬼得很！」。書上的「鬼蜮伎倆」，口頭的「鬼計多端」，指的就是這一類人。這種人只惹人討厭招人恨，誰愛上了他們才怪！這種人的話自然常是「鬼話」。不過「鬼話」未必都是這種人的話，有些居然娓娓可聽，簡直是「昵昵兒女語」，或者是「海外奇談」。說是「鬼話」。儘管不信可是愛聽的，有的是。尋常誑語也叫做「鬼話」，王爾德說得有理，誑原可以是很美的，只要撒得好。鬼並不老是那麼精明，也有馬虎的時候，說這種「無關心」的「鬼話」，就是他馬虎的時候。寫不好字叫做「鬼畫符」，做不好活也叫做「鬼畫符」，都是馬馬虎虎的，敷敷衍衍的。若連不相干的「鬼話」都不愛說，「符」也不愛「畫」，那更是「懶鬼」。「懶鬼」還可以希望他不懶，最怕的是「鬼混」，「鬼混」就簡直沒出息了。

從來沒有聽見過「笨鬼」，鬼大概總有點兒聰明，所謂「鬼聰明」。「鬼聰明」雖然只是不正經的小聰明，卻也有了不起處。「甚麼鬼玩意兒！」儘管你瞧不上眼，他的可是一套玩意兒。你笑，你罵，你有時笑不得，哭不得，總之，你不免讓「鬼玩意兒」耍一回。「鬼聰明」也有正經的，書上叫做「鬼才」。李賀是唯一的號為「鬼才」的詩人，他的詩濃麗和幽險，森森然有鬼氣。更上一層的「鬼聰明」，書上叫做「鬼工」；「鬼工」險而奇，非人力所及。這詞兒用來誇讚佳山水，大自然的創作，但似乎更多用來誇讚人們文學的和藝術的創作。還有「鬼斧神工」，自然奇妙，也是這一類頌辭。借了「神」的光，「鬼」才能到這「自然奇妙」的一步，不然只是「險而奇」罷了。可是借光也大不易，論書畫

的將「神品」列在第一，絕不列「鬼品」，「鬼」到底不能
上品，真也怪可憐的。

一九四四年五月二十一日

動亂時代

▌導讀

　　這篇文章是朱自清先生 1946 年 7 月 12 日─13 日在成都寫作的，此時他還不知道 7 月 11 日李公樸先生在昆明的遇難，7 月 20 日他於悲憤之中寫就《中國學術界的大損失 ── 悼聞一多先生》，這些接踵而來的殘酷現實，似乎立即就驗證了《動亂年代》這個題目的真實性。文章第二段說抗戰勝利之後，人們「幻滅得太快了」，估計在寫這篇文章的時候，朱自清先生還沒有徹底幻滅到一週之後的這種情形裏。

　　《動亂年代》就是戰後中國大部分地區現狀的一個縮影，文中將在因動亂而幻滅之後的人們，分為三種類型，並對每一類型做了細緻分析。對用於打破現狀的青年人和堅守崗位和傳統的中年人予以了肯定，而對第一類人即頹廢進行了批判。作者試圖通過對於時代羣體的描繪喚醒人們的清醒意識，以求由動亂年代走入小康時代。

　　客觀地說，這篇文章的寫作，生活實感的東西不多，主要的是從邏輯的推演和歸納分類的方式來理解現實，不免抽象一些。三種人的分類也有這種特色。文章的感觸當然來自朱自清先生的真實體驗，但文章的寫法不是朱自清散文的常態。

　　這是一個動亂時代。一切都在搖盪不定之中，一切都在隨時變化之中。人們很難計算他們的將來，即使是最短的將來。這使一般人苦悶；這種苦悶或深或淺地籠罩着全中國，也或厚或薄地瀰漫着全世界。在這一回世界大戰結束的前兩年，就有人指出一般人所表示的幻滅感。這種幻滅感到了大戰結束後這一年，更顯著了；在我們中國尤其如此。

　　中國經過八年艱苦的抗戰，一般人都掙扎地生活着。勝利到來的當時，我們喘一口氣，情不自禁地在心頭描畫着三五年後可能實現的一個小康時代。我們也明白太平時代還遙遠，所以先只希望一個小康時代。但是勝利的歡呼閃電似的過去了，接着是一陣陣悶雷響着。這個變化太快了，幻滅得太快了，一般人失望之餘，不由得感到眼前的動亂的局勢好像比抗戰期中還要動亂些。再說這動亂是世界性的，像我們中國這樣一個國家，大概沒有足夠的力量來控制這動亂；我們不能計算，甚至也難以估計，這動亂將到何時安定，何時才會出現一個小康時代。因此一般人更深沉地幻滅了。

　　中國向來有一治一亂相循環的歷史哲學。機械的循環論，現代大概很少人相信了，然而廣義的看來，相對的看來，治亂的起伏似乎可以說是史實，所謂廣義的，是說不限於政治，如經濟恐慌，也正是一種動亂的局勢。所謂相對的，是說有大治大亂，有小治小亂；各個國家、各個社會的情形不同，卻都有它們的治亂的起伏。這裏說治亂的起伏，表示人類是在走着曲折的路；雖然走着曲折的路，但是總在向着目標走上前去。我相信人類有目標，因此也有進步。每一回治亂的起伏，清算起來，這裏那裏多多少少總有些進

展的。

　　但是人們一般都望治而不好亂。動亂時代望小康時代，小康時代望太平時代——真正的「太平」時代，其實只是一種理想。人類向着這個理想曲折的走着；所以曲折，便因為現實與理想的衝突。現實與理想都是人類的創造，在創造的過程中，不免試驗與錯誤，也就不免衝突。現實與現實衝突，現實與理想衝突，理想與理想衝突，樣樣有。從一方面看，人生充滿了矛盾；從另一方面看，矛盾中卻也有一致的地方。人類在種種衝突中進展。

　　動亂時代中衝突更多，人們感覺不安，彷徨，失望，於是乎幻滅。幻滅雖然幻滅，可還得活下去。雖然活下去，可是厭倦着，詛咒着。於是搖頭，皺眉毛，「沒辦法！沒辦法！」的説着，一天天混過去。可是，這如果是一個常態的中年人，他還有相當的精力，他不會甘心老是這樣混過去；他要活得有意思些。他於是頹廢——煙，賭，酒，女人，盡情地享樂自己。一面獻身於投機事業，不顧一切原則，只要於自己有利就幹。反正一切原則都在動搖，誰還怕誰？只要抓住現在，抓住自己，管甚麼社會國家！古詩道：「我躬不閱，遑恤我後！」可以用來形容這些人。

　　有些人也在幻滅之餘活下去，可是憎惡着，憤怒着。他們不怕幻滅，卻在幻滅的遺跡上建立起一個新的理想。他們要改造這個國家，要改造這個世界。這些人大概是青年多，青年人精力足，顧慮少，他們討厭傳統，討厭原則；而現在這些傳統這些原則既在動搖之中，他們簡直想一腳踢開去。他們要創造新傳統，新原則，新中國，新世界。他們也是不

顧一切，卻不是只為自己。他們自然也免不了試驗與錯誤。試驗與錯誤的結果，將延續動亂的局勢，還是將結束動亂局勢？這就要看社會上矯正的力量和安定的力量，也就是說看他們到底抓得住現實還是抓不住。

還有些人也在幻滅之餘活下去，可是對現實認識着，適應着。他們漸漸能夠認識這個動亂時代，並接受這個動亂時代。他們大概是些中年人，他們的精力和膽量只夠守住自己的崗位，進行自己的工作。這些人不甘頹廢，可也不能擔負改造的任務，只是大時代一些小人物。但是他們謹慎地調整着種種傳統和原則，忠誠地保持着那些。那些傳統和原則，雖然有些人要踢開去，然而其中主要的部分自有它們存在的理由。因為社會是聯貫的，歷史是聯貫的。一個新社會不能憑空從天上掉下，它得從歷來的土壤裏長出。社會的安定力固然在基層的衣食住，在中國尤其是農民的衣食住；可是這些小人物對於社會上層機構的安定，也多少有點貢獻。他們也許抵不住時代潮流的衝擊而終於失掉自己的崗位甚至生命，但是他們所抱持的一些東西還是會存在的。

以上三類人，只是就筆者自己常見到的並且相當知道的說，自然不能包羅一切。但這三類人似乎都是這動亂時代的主要分子。筆者希望由於描寫這三類人可以多少說明了這時代的局勢。他們或多或少地認識了現實，也或多或少地抓住了現實；那後兩類人一方面又都有着或近或遠或小或大的理想。有用的是這兩類人。那頹廢者只是消耗，只是浪費，對於自己，對於社會都如此。那投機者擾害了社會的秩序，而終於也歸到消耗和浪費一路上。到處搖頭苦臉說着「沒

辦法」的人不過無益，這些人簡直是有害了。改造者自然是時代的領導人，但希望他們不至於操之過切，欲速不達。調整者原來可以與改造者相輔為用，但希望他們不至於保守太過，抱殘守闕。這樣維持着活的平衡，我們可以希望比較快的走入一個小康時代。

一九四六年七月十二至十三日

中國學術界的大損失
——悼聞一多先生

◀ 導讀

　　聞一多和朱自清都是兼具學者和作家身份的大家，又是清華大學和西南聯大同事。1946 年 7 月 11 日，中國民主同盟的領導人李公樸在昆明遭到國民黨特務暗殺，7 月 15 日，聞一多在雲南大學主持追悼李公樸喪儀，發表《最後一次演講》，會後即被國民黨特務暗殺。7 月 17 日，在成都的朱自清得知消息，異常憤怒，當天日記有「此誠慘絕人寰之事。」等語，三天後寫成此文。

　　在聞一多死後立即寫出並發表文章這一行為，表明了朱自清反對國民黨黑暗統治的立場，但他並未像聞一多直接投身政治運動，因此對這方面並未涉及，他專門從聞一多學術成就方面談，自有別人達不到的深度。第一部分介紹、分析聞一多學術研究的風格和特點，從創造自己的語言、體現生命的力量和富有幽默感三方面進行概括，第二部分對聞一多學術研究的內容做了介紹。聞一多極富想像力和原創性、同時又深符清代學術傳統的研究工作，涉獵廣泛，所以朱自清以「中國學術界的大損失」為文進行客觀的介紹，也就是對國民黨摧殘優秀學者、摧殘學術文化有力的控訴。文章客觀冷靜，其中深藏的，卻是無比的憤慨和勇氣。

　　兩部分的介紹和分析，絕非泛泛之論。比如對只有五篇的《唐詩雜論》兩次推崇，對聞一多常讀清代學者高郵王氏父子著作的介紹，均非一般人所能道出。這篇文章同時又極具學術史價值。

一

　　聞一多先生在昆明慘遭暗殺，激起全國的悲憤。這是民主運動的大損失，又是中國學術的大損失。關於後一方面，作者知道的比較多，現在且說個大概，來追悼這一位多年敬佩的老朋友。

　　大家都知道聞先生是一位詩人。他的《紅燭》，尤其他的《死水》，讀過的人很多。這些集子的特色之一，是那些愛國詩。在抗戰以前他也許是唯一的愛國新詩人。這裏可以看出他對文學的態度。新文學運動以來，許多作者都認識了文學的政治性和社會性而有所表現，可是聞先生認識得特別親切，表現得特別強調。他在過去的詩人中最敬愛杜甫，就因為杜詩政治性和社會性最濃厚。後來他更進一步，注意原始人的歌舞：這是集團的藝術，也是與生活打成一片的藝術。他要的是熱情，是力量，是火一樣的生命。

　　但是他並不忽略語言的技巧，大家都記得他是提倡詩的新格律的人，也是創造詩的新格律的人。他創造自己的詩的語言，並且創造自己的散文的語言。詩大家都知道，不必細說；散文如《唐詩雜論》，可惜只有五篇，那經濟的字句，那完密而短小的篇幅，簡直是詩。我聽他近來的演說，有兩三回也是這麼精悍，字字句句好似稱量而出，卻又那麼自然流暢。他因此也特別能夠體會古代語言的曲折處。當然，以上這些都得靠學力，但是更得靠才氣，也就是想像。單就讀古書而論，固然得先通文字聲韻之學；可是還不夠，要沒有活潑的想像力，就只能做出點滴的餖飣的工作，決不能融會貫通的。這裏需要細心，更需要大膽。聞先生能夠體會到古

代語言的表現方式，他的校勘古書，有些地方膽大得嚇人，但卻是細心吟味所得；平心靜氣讀下去，不由人不信。校書本有死校活校之分；他自然是活校，而因為知識和技術的一般進步，他的成就駸駸乎駕活校的高郵王氏父子①而上之。

他研究中國古代，可是他要使局部化了石的古代復活在現代人的心目中。因為這古代與現代究竟屬於一個社會，一個國家，而歷史是聯貫的。我們要客觀地認識古代；可是，是「我們」在客觀地認識古代，現代的我們要能夠在心目中想像古代的生活，要能夠在心目中分享古代的生活，才能認識那活的古代，也許才是那真的古代——這也才是客觀地認識古代。聞先生研究伏羲的故事或神話，是將這神話跟人們的生活打成一片；神話不是空想，不是娛樂，而是人民的生命慾和生活力的表現。這是死活存亡的消息，是人與自然鬥爭的紀錄，非同小可。他研究《楚辭》的神話，也是一樣的態度。他看屈原，也將他放在整個時代整個社會裏看。他承認屈原是偉大的天才；但天才是活人，不是偶像，只有這麼看，屈原的真面目也許才能再現在我們心中。他研究《周易》裏的故事，也是先有一整個社會的影像在心裏。研究《詩經》也如此，他看出那些情詩裏不少歌詠性生活的句子；他常說笑話，說他研究《詩經》，越來越「形而下」了——其實這正表現着生命的力量。

他是有幽默感的人；他的認識古代，有時也靠着這種幽默感。看《匡齋尺牘》裏《狼跋》一篇，便知道他能夠體

---

① 高郵王氏父子，指清代訓詁學大師王念孫、王引之父子，江蘇高郵人。

會到別人從不曾體會到的古人的幽默感。而所謂「匡齋」本於匡衡說詩解人頤那句話，正是幽默的意思。他的《死水》裏《聞一多先生的書桌》，也是一首難得的幽默的詩。他有着強大的生命力，常跟我們說要活到八十歲，現在還不滿四十八歲，竟慘死在那卑鄙惡毒的槍下！有個學生曾瞻仰他的遺體，見他「遍身血跡，雙手抱頭，全身痙攣」。唉！他是不甘心的，我們也是不甘心的！

二

聞先生的慘死尤其是中國文學方面一個不容易補償的損失。

聞先生的專門研究是《周易》、《詩經》、《莊子》、《楚辭》、唐詩，許多人都知道。他的研究工作至少有了二十年，發表的文字雖然不算太多，但積存的稿子卻很多。這些並非零散的稿子，大都是成篇的，而且他親手抄寫得很工整。只是他總覺得還不夠完密，要再加些工夫才願意編篇成書。這可見他對於學術忠實而謹慎的態度。

他最初在唐詩上多用力量。那時已見出他是個考據家，並已見出他的考據的本領。他注重詩人的年代和詩的年代。關於唐詩的許多錯誤的解釋與錯誤的批評，都由於錯誤的年代。他曾將唐代一部分詩人生卒年代可考者製成一幅圖表，誰看了都會一目了然。他是學過圖案畫的，這幫助他在考據上發現了一種新技術；這技術是值得發展的。但如一般所知，他又是個詩人，並且是個在領導地位的新詩人，他親自經過創作的甘苦，所以更能欣賞詩人與詩。他的《唐詩雜

論》雖然只有五篇，但都是精彩逼人之作。這些不但將欣賞和考據融化得恰到好處，並且創造了一種詩樣精粹的風格，讀起來句句耐人尋味。

　　後來他在《詩經》、《楚辭》上多用力量。我們知道要了解古代文學，必須從語言下手，就是從文字聲韻下手。但必須能夠活用文字聲韻的種種條例，才能有所創獲。聞先生最佩服王念孫父子，常將《讀書雜誌》、《經義述聞》當作消閒的書讀着。他在古書通讀上有許多驚人而確切的發明。對於甲骨文和金文，也往往有獨到之見。他研究《詩經》，注重那時代的風俗和信仰等等；這幾年更利用弗洛依德以及人類學的理論得到一些深入的解釋。他對《楚辭》的興趣似乎更大，而尤集中於其中的神話。他的研究神話，實在給我們學術界開闢了一條新的大路。關於伏羲的故事，他曾將許多神話綜合起來，頭頭是道，創見最多，關係極大。曾聽他談過大概，可惜寫出來的還只是一小部分。他研究《周易》，是愛其中的片段的故事，注重的是社會生活經濟生活的表現。近三四年他又專力研究《莊子》，探求原始道教的面目，並發見莊子一派政治上不合作的態度。以上種種都跟傳統的研究不同：眼光擴大了，深入了，技術也更進步了，更周密了。所以貢獻特別多，特別大。近年他又注意整個的中國文學史，打算根據經濟史觀去研究一番，可惜還沒有動手就殉了道。

　　這真是我們一個不容易補償的損失啊！

一九四六年七月二十日

回來雜記

導讀

　　這真是一篇名副其實的「雜記」，三千字盡夠將回北平印象深刻的事物從容道來，看似拉拉雜雜、不刻意為文，實則一正一反，欲抑先揚，結構安排，清晰有致。

　　第一句「回到北平來」迅速切題，接着寫除糧食貴之外北平的「有」和「閒」，這兩個字的拈出，立即見出作為文化古城的北平與中國其他城市的區別，很準確也很傳神。北京的眾多報紙副刊，很多也不盡考略實利，可以容納小眾化的學術文章，讓朱自清先生不由感歎：「我也愛北平的學術空氣。」從大的方面看，北平似乎沒大變。但是，緊接着後半部文筆一轉，着眼於小處去寫，來表現「北平是不一樣了」。

　　文章的後半部的內容很扎實，除了耳聞目睹，更有不少的親身經歷，比如妻子兒女被劫的驚恐，自己坐車時遭遇的車夫的相互壓價等，普通北京市民和知識分子生活的艱難，躍然紙上。經由刻畫警察打車夫的這個細節，朱自清意識到：「這兒看出了時代的影子，北平是有點兒晃盪了。」這是典型的以小見大，於不經意間勾勒了時代的潛流，讓讀者恍然。末尾的一段關於吃食的文字，表現最基本的民生：飲食的變化，看似不經意略提一筆，卻深意無限。

　　回到北平來，回到原來服務的學校裏，好些老工友見了面用道地的北平話道：「您回來啦！」是的，回來啦。去年剛一勝利，不用說是想回來的。可是這一年來的情形使我回來的心淡了，想像中的北平，物價像潮水一般漲，整個的北平也像在潮水裏晃盪着。然而我終於回來了。飛機過北平城上時，那棋盤似的房屋，那點綴着的綠樹，那紫禁城，那一片黃琉璃瓦，在晚秋的夕陽裏，真美。在飛機上看北平市，我還是第一次。這一看使我聯帶地想起北平的多少老好處，我忘懷一切，重新愛起北平來了。

　　在西南接到北平朋友的信，說生活雖艱難，還不至如傳說之甚，說北平的街上還跟從前差不多的樣子。是的，北平就是糧食貴得兒，別的還差不離兒。因為只有糧食貴得兒，所以從上海來的人，簡直鬆了一大口氣，只說，「便宜呀！便宜呀！」我們從重慶來的，卻沒有這樣胃口。再說雖然只有糧食貴得兒，然而糧食是人人要吃日日要吃的。這是一個濃重的陰影，罩着北平的將來。但是現在誰都有點兒且顧眼前，將來，管得它呢！糧食以外，日常生活的必需品，大致看來不算少；不是必需而帶點兒古色古香的那就更多。舊家具，小玩意兒，在小市裏，地攤上，有得挑選的，價錢合式，有時候並且很賤。這是北平老味道，就是不大有耐心去逛小市和地攤的我，也深深在領略着。從這方面看，北平算得是「有」的都市，西南幾個大城比起來真寒磣相了。再去故宮一看，嚇，可了不得！雖然曾遊過多少次，可是從西南回來這是第一次。東西真多，小市和地攤兒自然不在話下。逛故宮簡直使人不想買東西，買來買去，買多買少，算得甚

麼玩意兒！北平真「有」，真「有」它的！

　　北平不但在這方面和從前一樣「有」，並且在整個生活上也差不多和從前一樣閒。本來有電車，又加上了公共汽車，然而大家還是悠悠兒的。電車有時來得很慢，要等得很久。從前似乎不至如此，也許是線路加多，車輛並沒有比例的加多吧？公共汽車也是來得慢，也要等得久。好在大家有的是閒工夫，慢點兒無妨，多等點時候也無妨。可是剛從重慶來的卻有些不耐煩。別瞧現在重慶的公共汽車不漂亮，可是快，上車，賣票，下車都快。也許是無事忙，可是快是真的。就是在排班等着罷，眼看着一輛輛來車片刻間上滿了客開了走，也覺痛快，比望眼欲穿地看不到來車的影子總好受些。重慶的公共汽車有時也擠，可是從來沒有像我那回坐宣武門到前門的公共汽車那樣，一面擠得不堪，一面賣票人還在中途站從容地給爭着上車的客人排難解紛。這真閒得可以。

　　現在北平幾家大型報都有幾種副刊，中型報也有在拉人辦副刊的。副刊的水準很高，學術氣非常重。各報又都特別注重學校消息，往往專闢一欄登載。前一種現象別處似乎沒有，後一種現象別處雖然有，卻不像這兒的認真 —— 幾乎有聞必錄。北平早就被稱為「大學城」和「文化城」，這原是舊調重彈，不過似乎彈得更響了。學校消息多，也許還可以認為有點生意經；也許北平學生多，這麼着報可以多銷些？副刊多卻決不是生意經，因為有些副刊的有些論文似乎只有一些大學教授和研究院學生能懂。這種論文原應該出現在專門雜誌上，但目前出不起專門雜誌，只好暫時委屈在日報的餘幅上；這在編副刊的人是有理由的。在報館方面，反

正可以登載的材料不多，北平的廣告又未必太多，多來它幾個副刊，一面配合着這古城裏看重讀書人的傳統，一面也可以鎮靜鎮靜這多少有點兒晃盪的北平市，自然也不錯。學校消息多，似乎也有點兒配合着看重讀書人的傳統的意思。研究學術本來要悠閒，這古城裏向來看重的讀書人正是那悠閒的讀書人。我也愛北平的學術空氣，自己也只是一個悠閒的讀書人，並且最近也主編了一個帶學術性的副刊，不過還是覺得這麼多的這麼學術的副刊確是北平特有的閒味兒。

然而北平究竟有些和從前不一樣了。說它「有」罷，它「有」貴重的古董玩器，據說現在主顧太少了。從前買古董玩器送禮，可以巴結個一官半職的。現在據說懂得愛古董玩器的就太少了。禮還是得送，可是上了句古話，甚麼人愛鈔，甚麼人都愛鈔了。這一來倒是簡單明了，不過不是老味道了。古董玩器的冷落還不足奇，更使我注意的是中山公園和北海等名勝的地方，也蕭條起來了。我剛回來的時候，天氣還不冷，有一天帶着孩子們去逛北海。大禮拜的，漪瀾堂的茶座上卻只寥寥的幾個人。聽隔家茶座的夥計在向一位客人說沒有點心賣，他說因為客人少，不敢預備。這些原是中等經濟的人物常到的地方；他們少來，大概是手頭不寬心頭也不寬了吧。

中等經濟的人家確乎是緊起來了。一位老住北平的朋友的太太，原來是大家小姐，不會做家裏粗事，只會做做詩，畫畫畫。這回見了面，瞧着她可真忙。她告訴我，傭人減少了，許多事只得自己幹；她笑着說現在操練出來了。她幫忙我捆書，既麻利，也還結實；想不到她真操練出來了。這固然也是好事，可是北平到底不和從前一樣了。窮得沒辦

法的人似乎也更多了。我太太有一晚九點來鐘帶着兩個孩子走進宣武門裏一個小胡同，剛進口不遠，就聽見一聲：「站住！」向前一看，十步外站着一個人，正在從黑色的上裝裏掏甚麼，說時遲，那時快，順着燈光一瞥，掏出來的乃是一把明晃晃的尖刀！我太太大聲怪叫，趕緊轉身向胡同口跑，孩子們也跟着怪叫，跟着跑。絆了石頭，母子三個都摔倒；起來回頭一看，那人也轉了身向胡同裏跑。這個人穿得似乎還不寒磣，白白的臉，年輕輕的。想來是剛走這個道兒，要不然，他該在胡同中間等着，等來人近身再喊「站住」！這也許真是到了無可奈何才來走險的。近來報上常見路劫的記載，想來這種新手該不少罷。從前自然也有路劫，可沒有聽說這麼多。北平是不一樣了。

電車和公共汽車雖然不算快，三輪車卻的確比洋車快得多。這兩種車子的競爭是機械和人力的競爭，洋車顯然落後。洋車夫只好更賤賣自己的勞力。有一回僱三輪兒，出價四百元，三輪兒定要五百元。一個洋車夫趕上來說：「我去，我去。」上了車他向我說要不是三輪兒，這麼遠這個價他是不幹的。還有在僱三輪兒的時候常有洋車夫趕上來，若是不理他，他會說：「不是一樣嗎？」可是，就不一樣！三輪車以外，自行車也大大地增加了。騎自行車可以省下一大筆交通費。出錢的人少，出力的人就多了。省下的交通費可以幫補幫補肚子，雖然是小補，到底是小補啊。可是現在北平街上可不是鬧着玩兒的，騎車不但得出力，有時候還得拚命。按說北平的街道夠寬的，可是近來常出事兒。我剛回來的一禮拜，就死傷了五六個人。其中王振華律師就是在自行

車上被撞死的。這種交通的混亂情形，美國軍車自然該負最大的責任。但是據報載，交通警察也很怕咱們自己的軍車。警察卻不怕自行車，更不怕洋車和三輪兒。他們對洋車和三輪兒倒是一視同仁，一個不順眼就拳腳一齊來。曾在宣武門裏一個胡同口看見一輛三輪兒橫在口兒上和人講價，一個警察走來，不問三七二十一，抓住三輪車夫一頓拳打腳踢。拳打腳踢倒從來如此，他卻罵得怪，他罵道：「×你有民主思想的媽媽！」那車夫挨着拳腳不說話，也是從來如此。可是他也怪，到底是三輪車夫罷，在警察去後，卻向着背影責問道：「你有權利打人嗎？」這兒看出了時代的影子，北平是有點兒晃盪了。

別提這些了，我是貪吃得了胃病的人，還是來點兒吃的。在西南大家常談到北平的吃食，這呀那的，一大堆。我心裏卻還惦記一樣不登大雅的東西，就是馬蹄兒燒餅夾果子。那是一清早在胡同裏提着筐子叫賣的。這回回來卻還沒有吃到。打聽住家人，也說少聽見了。這馬蹄兒燒餅用硬麵做，用吊爐烤，薄薄的，卻有點兒韌，夾果子（就是脆而細的油條）最是相得益彰，也脆，也有咬嚼，比起有心子的芝麻醬燒餅有意思得多。可是現在劈柴貴了，吊爐少了，做馬蹄兒並不能多賣錢，誰樂意再做下去！於是大家一律用芝麻醬燒餅來夾果子了。芝麻醬燒餅厚，倒更管飽些。然而，然而不一樣了。

一九四六年十月二十八日

我 是 揚 州 人

◗ 導讀

　　將《揚州的夏日》、《説揚州》、《看花》和《我是揚州人》放在一起閱讀，會比較清晰地了解朱自清對揚州的感情。《揚州的夏日》和《看花》類似於遊子對於故鄉的記憶，《説揚州》中有對揚州人不良習氣的批評，最後還是沉溺到揚州美食的回憶中。《我是揚州人》也有對揚州人「小氣和虛氣」的批評，但已意識到這種「地方氣」其實是哪一個小地方的人都有的，不具備批評力度。朱自清對揚州一直懷有複雜的心態，但去世前兩年寫作的《我是揚州人》，終於認揚州為故鄉，那麼以前曾有過的一些反感和批評，以及本文中提及的「小氣和虛氣」，以及這裏重點批評的揚州的衰落，也只是愛之深、恨之切情感的自然流露吧。説得淺顯一點就是，對於揚州，朱自清説話可以不見外了。這是本篇的情感基調。

　　梳理和揚州的關係，也就是對於童年和少年記憶的回顧，對大半輩子人生的回顧。這裏提到了來揚州之前的伙伴、自己一直感激的在揚州時的老師、死去的前妻和女兒，祖父祖母，父母親，這些回憶都是極為沉重的，但是整篇文章朱自清處理得十分克制，反而採用一種平靜敍説的姿態，例如提及武鍾謙女士。他只是兩次通過引用「生於斯，死於斯，歌哭於斯」含蓄地表達心情。生和死都交代了，怎麼「歌哭」的情形，則留給讀者去體味了。

　　有些國語教科書裏選得有我的文章，註解裏或説我是浙江紹興人，或説我是江蘇江都人——就是揚州人。有人疑心江蘇江都人是錯了，特地老遠地寫信託人來問我。我説兩個籍貫都不算錯，但是若打官話，我得算浙江紹興人。浙江紹興是我的祖籍或原籍，我從進小學就填的這個籍貫；直到現在，在學校裏服務快三十年了，還是報的這個籍貫。不過紹興我只去過兩回，每回只住了一天；而我家裏除先母外，沒一個人會説紹興話。

　　我家是從先祖才到江蘇東海做小官。東海就是海州，現在是隴海路的終點。我就生在海州。四歲的時候先父又到邵伯鎮做小官，將我們接到那裏。海州的情形我全不記得了，只對海州話還有親熱感，因為父親的揚州話裏夾着不少海州口音。在邵伯住了差不多兩年，是住在萬壽宮裏。萬壽宮的院子很大，很靜；門口就是運河。河坎很高，我常向河裏扔瓦片玩兒。邵伯有個鐵牛灣，那兒有一條鐵牛鎮壓着。父親的當差常抱我去看它，騎它，撫摩它。鎮裏的情形我也差不多忘記了。只記住在鎮裏一家人家的私塾裏讀過書，在那裏認識了一個好朋友叫江家振。我常到他家玩兒，傍晚和他坐在他家荒園裏一根橫倒的枯樹幹上説着話，依依不捨，不想回家。這是我第一個好朋友，可惜他未成年就死了；記得他瘦得很，也許是肺病吧？

　　六歲那一年父親將全家搬到揚州。後來又迎養先祖父和先祖母。父親曾到江西做過幾年官，我和二弟也曾去過江西一年；但是老家一直在揚州住着。我在揚州讀初等小學，沒畢業；讀高等小學，畢了業；讀中學，也畢了業。我的英

文得力於高等小學裏一位黃先生，他已經過世了。還有陳春台先生，他現在是北平著名的數學教師。這兩位先生講解英文真清楚，啟發了我學習的興趣；只恨我始終沒有將英文學好，愧對這兩位老師。還有一位戴子秋先生，也早過世了，我的國文是跟他老人家學着做通了的，那是辛亥革命之後在他家夜塾裏的時候。中學畢業，我是十八歲，那年就考進了北京大學預科，從此就不常在揚州了。

就在十八歲那年冬天，父親母親給我在揚州完了婚。內人武鍾謙女士是杭州籍，其實也是在揚州長成的。她從不曾去過杭州；後來同我去是第一次。她後來因為肺病死在揚州，我曾為她寫過一篇《給亡婦》。我和她結婚的時候，祖父已死了好幾年了。結婚後一年祖母也死了。他們兩老都葬在揚州，我家於是有祖塋在揚州了。後來亡婦也葬在這祖塋裏。母親在抗戰前兩年過去，父親在勝利前四個月過去，遺憾的是我都不在揚州；他們也葬在那祖塋裏。這中間叫我痛心的是死了第二個女兒！她性情好，愛讀書，做事負責任，待朋友最好。已經成人了，不知甚麼病，一天半就完了！她也葬在祖塋裏。我有九個孩子，除第二個女兒外，還有一個男孩不到一歲就死在揚州；其餘亡妻生的四個孩子都曾在揚州老家住過多少年。這個老家直到今年夏初才解散了，但是還留着一位老年的庶母在那裏。

我家跟揚州的關係，大概夠得上古人說的「生於斯，死於斯，歌哭於斯」了。現在亡妻生的四個孩子都已自稱為揚州人了；我比起他們更算是在揚州長成的，天然更該算是揚州人了。但是從前一直馬馬虎虎的騎在牆上，並且自稱浙

江人的時候還多些，又為了甚麼呢？這一半因為報的是浙江籍，求其一致；一半也還有些別的道理。這些道理第一樁就是籍貫是無所謂的。那時要做一個世界人，連國籍都覺得狹小，不用說省籍和縣籍了。那時在大學裏覺得同鄉會最沒有意思。我同住的和我來往的自然差不多都是揚州人，自己卻因為浙江籍，不去參加江蘇或揚州同鄉會。可是雖然是浙江紹興籍，卻又沒跟一個道地浙江人來往，因此也就沒人拉我去開浙江同鄉會，更不用說紹興同鄉會了。這也許是兩棲或騎牆的好處吧？然而出了學校以後到底常常會到道地紹興人了。我既然不會說紹興話，並且除了花雕和蘭亭外幾乎不知道紹興的別的情形，於是乎往往只好自己承認是假紹興人。那雖然一半是玩笑，可也有點兒窘的。

還有一樁道理就是我有些討厭揚州人；我討厭揚州人的小氣和虛氣。小是眼光如豆，虛是虛張聲勢，小氣無須舉例。虛氣例如已故的揚州某中央委員，坐包車在街上走，除拉車的外，又跟上四個人在車子邊推着跑着。我曾經寫過一篇短文，指出揚州人這些毛病。後來要將這篇文收入散文集《你我》裏，商務印書館不肯，怕再鬧出「閒話揚州」的案子。這當然也因為他們總以為我是浙江人，而浙江人罵揚州人是會得罪揚州人的。但是我也並不抹煞揚州的好處，曾經寫過一篇《揚州的夏日》，還有在《看花》裏也提起揚州福緣庵的桃花。再說現在年紀大些了，覺得小氣和虛氣都可以算是地方氣，絕不止是揚州人如此。從前自己常答應人說自己是紹興人，一半又因為紹興人有些蠻氣，而揚州人似乎太聰明。其實揚州人也未嘗沒蠻氣，我的朋友任中敏（二北）

先生，辦了這麼多年漢民中學，不管人家理會不理會，難道還不夠「戀」的！紹興人固然有戀氣，但是也許還有別的氣我討厭的，不過我不深知罷了。這也許是阿□的想法罷？然而我對於揚州的確漸漸親熱起來了。

　　揚州真像有些人說的，不折不扣是個有名的地方。不用遠說，李斗《揚州畫舫錄》裏的揚州就夠羨慕的。可是現在衰落了，經濟上是一日千丈地衰落了，只看那些沒精打采的鹽商家就知道。揚州人在上海被稱為江北佬，這名字總而言之表示低等的人。江北老在上海是受欺負的，他們於是學些不三不四的上海話來冒充上海人。到了這地步他們可竟會忘其所以地欺負起那些新來的江北佬了。這就養成了揚州人的自卑心理。抗戰以來許多揚州人來到西南，大半都自稱為上海人，就靠着那一點不三不四的上海話；甚至連這一點都沒有，也還自稱為上海人。其實揚州人在本地也有他們的驕傲的。他們稱徐州以北的人為侉子，那些人說的是侉話。他們笑鎮江人說話土氣，南京人說話大舌頭，儘管這兩個地方都在江南。英語他們稱為蠻話，說這種話的當然是蠻子了。然而這些話只好關着門在家裏說，到上海一看，立刻就會矮上半截，縮起舌頭不敢噴一聲了。揚州真是衰落得可以啊！

　　我也是一個江北佬，一大堆揚州口音就是招牌，但是我卻不願做上海人；上海人太狡猾了。況且上海對我太生疏，生疏的程度跟紹興對我也差不多；因為我知道上海雖然也許比知道紹興多些，但是紹興究竟是我的祖籍，上海是和我水米無干的。然而年紀大起來了，世界人到底做不成，我要一個故鄉。俞平伯先生有一行詩，說「把故鄉掉了」。其實他

掉了故鄉又找到了一個故鄉；他詩文裏提到蘇州那一股親熱，是可羨慕的，蘇州就算是他的故鄉了。他在蘇州度過他的童年，所以提起來一點一滴都親親熱熱的，童年的記憶最單純最真切，影響最深最久；種種悲歡離合，回想起來最有意思。「青燈有味是兒時」，其實不止青燈，兒時的一切都是有味的。這樣看，在哪兒度過童年，就算那兒是故鄉，大概差不多吧？這樣看，就只有揚州可以算是我的故鄉了。何況我的家又是「生於斯，死於斯，歌哭於斯」呢？所以揚州好也罷，歹也罷，我總該算是揚州人的。

一九四六年九月二十五日

論不滿現狀

導讀

　　這篇雜文文末標明寫了三天，是用心之作。在四十年代後期，朱自清集中寫了系列雜文，除了不排除生活艱難賣文為生的因素之外，主要的還是抗戰勝利後，原來在抗戰中滿懷信心的他受到現實的教訓，失望以致憤怒起來。如同期他有一篇雜文就叫《論吃飯》。

　　文章第一段論及在現代以前的每個時代裏老百姓和讀書人不滿現實的不同表現和選擇，主要概括為忍和避。第二段和第三段，分別論述讀書人和老百姓在避和忍之外另外的選擇，即投機和造反。最後一段是文章的主旨所在，前面三段是歷史的梳理和觀照，有以史為鑒的意思，在此基礎上，最後一段對於現在的讀書人的道路選擇的思考，顯得理性而有底氣，指出在現代讀書人變為知識分子，他們的道路在於和老百姓（人羣）結合，打破沉悶的現狀。儘管在這裏，並沒有明確指出知識分子該怎麼走進人羣中，但至少已猛醒舊有的讀書人的路已行不通。

　　在對千餘年讀書人命運思考的基礎上，提出現代知識分子正確道路的選擇問題，論旨宏大，又極富現實感，也可以視為朱自清正在努力探尋的自我定位。

　　這篇雜文的寫作，儘管涉及不少歷史事實，但主要還是以極

強的邏輯性和高度的理論概括性為特點。是歷史的梳理，更是邏輯的推演。這種雜文的寫法並不普遍。

那一個時代事實上總有許許多多不滿現狀的人。現代以前，這些人怎樣對付他們的「不滿」呢？在老百姓是怨命，怨世道，怨年頭。年頭就是時代，世道由於氣數，都是機械的必然；主要的還是命，自己的命不好，才生在這個世道裏，這個年頭上，怪誰呢！命也是機械的必然。這可以說是「怨天」，是一種定命論。命定了吃苦頭，只好吃苦頭，不吃也得吃。讀書人固然也怨命，可是強調那「時世日非」，「人心不古」的慨歎，好像「人心不古」才「時世日非」的。這可以說是「怨天」而兼「尤人」，主要的是「尤人」。人心為甚麼會不古呢？原故是不行仁政，不施德教，也就是賢者不在位，統治者不好。這是一種唯心的人治論。可是賢者為甚麼不在位呢？人們也只會說「天實為之！」，這就又歸到定命論了。可是讀書人比老百姓強，他們可以做隱士，嘯傲山林，讓老百姓養着；固然沒有富貴榮華，卻不至於吃着老百姓吃的那些苦頭。做隱士可以說是不和統治者合作，也可以說是扔下不管。所謂「窮則獨善其身」，一般就是這個意思。既然「獨善其身」，自然就管不着別人死活和天下興亡了。於是老百姓不滿現狀而忍下去，讀書人不滿現狀而避開去，結局是維持現狀，讓統治者穩坐江山。

　　但是讀書人也要「達則兼善天下」。從前時代這種「達」就是「得君行道」；真能得君行道，當然要多多少少改變那自己不滿別人也不滿的現狀。可是所謂別人，還是些讀書人；改變現狀要以增加他們的利益為主，老百姓只能沾些光，甚至於只擔個名兒。若是太多照顧到老百姓，分了讀書人的利益，讀書人會得更加不滿，起來阻撓改變現狀；他

們這時候是寧可維持現狀的。宋朝王安石變法，引起了大反動，就是個顯明的例子。有些讀書人雖然不能得君行道，可是一輩子憧憬着有這麼一天。到了既窮且老，眼看着不會有這麼一天了，他們也要著書立說，希望後世還可以有那麼一天，行他們的道，改變改變那不滿人意的現狀。但是後世太渺茫了，自然還是自己來辦的好，那怕只改變一點兒，甚至於只改變自己的地位，也是好的。況且能夠著書立說的究竟不太多；著書立說誠然渺茫，還是一條出路，連這個也不能，那一腔子不滿向哪兒發泄呢！於是乎有了失志之士或失意之士。這種讀書人往往不擇手段，只求達到目的。政府不用他們，他們就去依附權門，依附地方政權，依附割據政權，甚至於和反叛政府的人合作；極端的甚至於甘心去做漢奸，像劉豫、張邦昌那些人。這種失意的人往往只看到自己或自己的一羣的富貴榮華，沒有原則，只求改變，甚至於只求破壞 —— 他們好在混水裏撈魚。這種人往往少有才，挑撥離間，詭計多端，可是得依附某種權力，才能發生作用；他們只能做俗話說的「軍師」。統治者卻又討厭又怕這種人，他們是搗亂鬼！但是可能成為這種人的似乎越來越多，又殺不盡，於是只好給些閒差，給些乾薪，來綏靖他們，吊着他們的口味。這叫做「養士」，為的正是維持現狀，穩坐江山。

然而老百姓的忍耐性，這裏面包括韌性和惰性，雖然很大，卻也有個限度。「狗急跳牆」，何況是人！到了現狀壞到怎麼吃苦還是活不下去的時候，人心浮動，也就是情緒高漲，老百姓本能地不顧一切地起來了，他們要打破現狀。他

們不知道怎樣改變現狀，可是一股子勁先打破了它再說，想着打破了總有希望些。這種局勢，規模小的叫「民變」，大的就是「造反」。農民是主力，他們有他們自己的領導人。在歷史上這種「民變」或「造反」並不少，但是大部分都給暫時的壓下去了，統治階級的史官往往只輕描淡寫地帶幾句，甚至於削去不書，所以看來好像天下常常太平似的。然而漢明兩代都是農民打出來的天下，老百姓的力量其實是不可輕視的。不過漢明兩代雖然是老百姓自己打出來的，結局卻依然是一家一姓穩坐江山；而這家人坐了江山，早就失掉了農民的面目，倒去跟讀書人一鼻孔出氣。老百姓出了一番力，所得的似乎不多。是打破了現狀，可又復原了現狀，改變是很少的。至於權臣用篡弒，軍閥靠武力，奪了政權，換了朝代，那改變大概是更少了罷。

過去的時代以私人為中心，自己為中心，讀書人如此，老百姓也如此。所以老百姓打出來的天下還是歸於一家一姓，落到讀書人的老套裏。從前雖然也常說「眾擎易舉」，「眾怒難犯」，也常說「愛眾」，「得眾」，然而主要的是「一人有慶，萬眾賴之」的，「天與人歸」的政治局勢，那「眾」其實是「一盤散沙」而已。現在這時代可改變了。不論叫「羣眾」，「公眾」，「民眾」，「大眾」，這個「眾」的確已經表現一種力量；這種力量從前固然也潛在着，但是非常微弱，現在卻強大起來，漸漸足以和統治階級對抗了，而且還要一天比一天強大。大家在內憂外患裏增加了知識和經驗，知道了「團結就是力量」，他們漸漸在揚棄那機械的定命論，也漸漸在揚棄那唯心的人治論。一方面讀書人也漸

漸和統治階級拆伙，變質為知識階級。他們已經不能夠找到一個角落去不聞理亂的隱居避世，又不屑做也幸而已經沒有地方去做「軍師」。他們又不甘心做那被人「養着」的「士」，而知識分子又已經太多，事實上也無法「養」着這麼大量的「士」。他們只有憑自己的技能和工作來「養」着自己。早些年他們還可以暫時躲在所謂象牙塔裏。到了現在這年頭，象牙塔下已經變成了十字街，而且這塔已經開始在拆卸了。於是乎他們恐怕只有走出來，走到人羣裏。大家一同苦悶在這活不下去的現狀之中。如果這不滿人意的現狀老不改變，大家恐怕忍不住要聯合起來動手打破它的。重要的是打破之後改變成甚麼樣子？這真是個空前的危疑震撼的局勢，我們得提高警覺來應付的。

一九四七年十二月

論氣節

導讀

　　《論氣節》論述的中心也是「讀書人」，最後的落着點都指向現代的知識分子，作為現代知識分子羣體中一員的朱自清，對於自身所屬的這個階級，在進行着自覺的思考。

　　《論氣節》將「氣」和「節」分開來考察，認為「氣」指向行動，而「節」是靜態的，故有「守節」之説，「氣是敢作敢為，節是有所不為」，「氣節」作為衡量傳統讀書人的道德標準，是為了維護統治集團利益，而與民眾隔膜的。在這個大論題的論述和歷史的梳理過程中，除了邏輯推演和概念辨析之外，還列舉了漢末的氣節之士、明末東林黨人及現代失節的周作人等從氣節這個道德標準來看屬於正反面的例子，論證和論據緊密結合，邏輯和事實相得益彰，有説服力，也富於現實性。在具體的論證中，條分縷析，獨具慧眼。

　　和《論不滿現狀》的寫作一樣，直到最後一段，文章才真正亮出寫作的目的，即從歷史的梳理和思考之中，為現時代的現代知識階層尋求行動的依據。文章沒有提出更多積極的主張，卻對他們可能有的保守特性作出了更多警醒。朱自清嚴格地將對傳統的「氣節」觀的現代闡述僅應用到所謂中年代的現代知識分子的分析之中，而對青年知識分子寄予了更高的希望。這裏也體現了作為師長、年已五十歲的朱自清胸襟和視野的開闊。

　　氣節是我國固有的道德標準，現代還用着這個標準來衡量人們的行為，主要的是所謂讀書人或士人的立身處世之道。但這似乎只在中年一代如此，青年一代倒像不大理會這種傳統的標準，他們在用着正在建立的新的標準，也可以叫做新的尺度。中年一代一般的接受這傳統，青年一代卻不理會它，這種脫節的現象是這種變的時代或動亂時代常有的。因此就引不起甚麼討論。直到近年，馮雪峯先生才將這標準這傳統作為問題提出，加以分析和批判：這是在他的《鄉風與市風》那本雜文集裏。

　　馮先生指出「士節」的兩種典型：一是忠臣，一是清高之士。他說後者往往因為脫離了現實，成為「為節而節」的虛無主義者，結果往往會變了節。他卻又說「士節」是對人生的一種堅定的態度，是個人意志獨立的表現。因此也可以成就接近人民的叛逆者或革命家，但是這種人物的造就或完成，只有在後來的時代，例如我們的時代。馮先生的分析，筆者大體同意；對這個問題筆者近來也常常加以思索，現在寫出自己的一些意見，也許可以補充馮先生所沒有說到的。

　　氣和節似乎原是兩個各自獨立的意念。《左傳》上有「一鼓作氣」的話，是說戰鬥的。後來所謂「士氣」就是這個氣，也就是「鬥志」；這個「士」指的是武士。孟子提倡的「浩然之氣」，似乎就是這個氣的轉變與擴充。他說「至大至剛」，說「養勇」，都是帶有戰鬥性的。「浩然之氣」是「集義所生」，「義」就是「有理」或「公道」。後來所謂「義氣」，意思要狹隘些，可也算是「浩然之氣」的分支。現在我們常說的「正義感」，雖然特別強調現實，似乎也還

可以算是跟「浩然之氣」聯繫着的。至於文天祥所歌詠的「正氣」，更顯然跟「浩然之氣」一脈相承。不過在筆者看來兩者卻並不完全相同，文氏似乎在強調那消極的節。

節的意念也在先秦時代就有了，《左傳》裏有「聖達節，次守節，下失節」的話。古代注重禮樂，樂的精神是「和」，禮的精神是「節」。禮樂是貴族生活的手段，也可以說是目的。他們要定等級，明分際，要有穩固的社會秩序，所以要「節」，但是他們要統治，要上統下，所以也要「和」。禮以「節」為主，可也得跟「和」配合着；樂以「和」為主，可也得跟「節」配合着。「節」跟「和」是相反相成的。明白了這個道理，我們可以說所謂「聖達節」等等的「節」，是從禮樂裏引申出來成了行為的標準或做人的標準；而這個節其實也就是傳統的「中道」。按說「和」也是中道，不同的是「和」重在合，「節」重在分；重在分所以重在不犯不亂，這就帶上消極性了。

向來論氣節的，大概總從東漢末年的黨禍起頭。那是所謂處士橫議的時代。在野的士人紛紛地批評和攻擊宦官們的貪污政治，中心似乎在太學。這些在野的士人雖然沒有嚴密的組織，卻已經在聯合起來，並且博得了人民的同情。宦官們害怕了，於是乎逮捕拘禁那些領導人。這就是所謂「黨錮」或「鈎黨」，「鈎」是「鈎連」的意思。從這兩個名稱上可以見出這是一種羣眾的力量。那時逃亡的黨人，家家願意收容着，所謂「望門投止」，也可以見出人民的態度，這種黨人，大家尊為氣節之士。氣是敢作敢為，節是有所不為 —— 有所不為也就是不合作。這敢作敢為是以集體的力

量為基礎的，跟孟子的「浩然之氣」與世俗所謂「義氣」只注重領導者的個人不一樣。後來宋朝幾千太學生請願罷免奸臣，以及明朝東林黨的攻擊宦官，都是集體運動，也都是氣節的表現。但是這種表現裏似乎積極的「氣」更重於消極的「節」。

在專制時代的種種社會條件之下，集體的行動是不容易表現的，於是士人的立身處世就偏向了「節」這個標準。在朝的要做忠臣。這種忠節或是表現在冒犯君主尊嚴的直諫上，有時因此犧牲性命；或是表現在不做新朝的官甚至以身殉國上。忠而至於死，那是忠而又烈了。在野的要做清高之士，這種人表示不願和在朝的人合作，因而游離於現實之外；或者更逃避到山林之中，那就是隱逸之士了。這兩種節，忠節與高節，都是個人的消極的表現。忠節至多造就一些失敗的英雄，高節更只能造就一些明哲保身的自了漢，甚至於一些虛無主義者。原來氣是動的，可以變化。我們常說志氣，志是心之所向，可以在四方，可以在千里，志和氣是配合着的。節卻是靜的，不變的；所以要「守節」，要不「失節」。有時候節甚至於是死的，死的節跟活的現實脫了榫，於是乎自命清高的人結果變了節，馮雪峯先生論到周作人，就是眼前的例子。從統治階級的立場看，「忠言逆耳利於行」，忠臣到底是衞護着這個階級的，而清高之士消納了叛逆者，也是有利於這個階級的。所以宋朝人說「餓死事小，失節事大」，原先說的是女人，後來也用來說士人，這正是統治階級代言人的口氣，但是也表示着到了那時代士的個人地位的增高和責任的加重。

「士」或稱為「讀書人」，是統治階級最下層的單位，並非「幫閒」。他們的利害跟君相是共同的，在朝固然如此，在野也未嘗不如此。固然在野的處士可以不受君臣名分的束縛，可以「不事王侯，高尚其事」，但是他們得吃飯，這飯恐怕還得靠農民耕給他們吃，而這些農民大概是屬於他們做官的祖宗的遺產的。「躬耕」往往是一句門面話，就是偶然有個把真正躬耕的如陶淵明，精神上或意識形態上也還是在負着天下興亡之責的士，陶的《述酒》等詩就是證據。可見處士雖然有時橫議，那只是自家人吵嘴鬧架，他們生活的基礎一般的主要的還是在農民的勞動上，跟君主與在朝的大夫並無兩樣，而一般的主要的意識形態，彼此也是一致的。

　　然而士終於變質了，這可以說是到了民國時代才顯著。從清朝末年開設學校，教員和學生漸漸加多，他們漸漸各自形成一個集團；其中有不少的人參加革新運動或革命運動，而大多數也傾向着這兩種運動。這已是氣重於節了。等到民國成立，理論上人民是主人，事實上是軍閥爭權。這時代的教員和學生意識着自己的主人身份，遊離了統治的軍閥；他們是在野，可是由於軍閥政治的腐敗，卻漸漸獲得了一種領導的地位。他們雖然還不能和民眾打成一片，但是已經在漸漸的接近民眾。「五四」運動劃出了一個新時代。自由主義建築在自由職業和社會分工的基礎上。教員是自由職業者，不是官，也不是候補的官。學生也可以選擇多元的職業，不是只有做官一路。他們於是從統治階級獨立，不再是「士」或所謂「讀書人」，而變成了「知識分子」，集體的就

是「知識階級」。殘餘的「士」或「讀書人」自然也還有，不過只是些殘餘罷了。這種變質是中國現代化的過程的一段，而中國的知識階級在這過程中也曾盡了並且還在想盡他們的任務，跟這時代世界上別處的知識階級一樣，也分享着他們一般的運命。若用氣節的標準來衡量，這些知識分子或這個知識階級開頭是氣重於節，到了現在卻又似乎是節重於氣了。

知識階級開頭憑着集團的力量勇猛直前，打倒種種傳統，那時候是敢作敢為一股氣。可是這個集團並不大，在中國尤其如此，力量到底有限，而與民眾打成一片又不容易，於是碰到集中的武力，甚至加上外來的壓力，就抵擋不住。而一方面廣大的民眾抬頭要飯吃，他們也沒法滿足這些飢餓的民眾。他們於是失去了領導的地位，逗留在這夾縫中間，漸漸感覺着不自由，鬧了個「四大金剛懸空八隻腳」。他們於是只能保守着自己，這也算是節罷；也想緩緩地落下地去，可是氣不足，得等着瞧。可是這裏的是偏於中年一代。青年一代的知識分子卻不如此，他們無視傳統的「氣節」，特別是那種消極的「節」，替代的是「正義感」，接着「正義感」的是「行動」，其實「正義感」是合併了「氣」和「節」，「行動」還是「氣」。這是他們的新的做人的尺度。等到這個尺度成為標準，知識階級大概是還要變質的罷？

一九四七年四月十三至十四日

論且顧眼前

⬤ **導讀**

　　這篇雜文的批判鋒芒，在朱自清雜文中是突出的。文章分析的是在抗戰、尤其是抗戰「慘勝」之後，瀰漫幾乎整個社會的一種「且顧眼前」的傾向。朱自清將全社會「且顧眼前」的人分為三大類：只顧享樂的人、苟安旦夕的人、窮困無告的人。對每一類人的生活狀況進行了概括和描述，得出這樣的觀察：「第一類人增大的是財富的數量，這一類人增大的是人員的數量 —— 第二類人也是如此。這種分別增大的數量也許終於會使歷史變質的罷？」這種分析和我們當代經濟學、社會學的分析是一致的。第一類人相當於富人階層，第二類略近於中產階級，第三類則是無產階級或我們當下所說的低收入階層。一個合理的社會應該是一個紡錘形，即第三類和第一類都不太多，這才是一個財富公平增長的模式。而朱自清批評的當時中國，近似於現在所謂金字塔型態，即財富越來越集中到塔尖少數人手中，社會矛盾一觸即發。他未必知曉這種理論，但以他對中國社會密切的關注、敏銳的發現，得出的結論是科學的，他的擔憂，深廣嚴重。另外，言及大發國難財的第一類人時的憤慨，也現出一個正直知識分子在混亂年代的操守。

　　全社會各個階層都在「且顧目前」，在文章的最後，朱自清

先生將自己在那個危機四伏年代的全部希望，放在青年人身上。
這一點，和《論氣節》是一致的。

俗語説，「火燒眉毛，且顧眼前。」這句話大概有了年代，我們可以説是人們向來如此。這一回抗戰，火燒到了每人的眉毛，「且顧眼前」竟成了一般的守則，一時的風氣，卻是向來少有的。但是抗戰時期大家還有個共同的「勝利」的遠景，起初雖然朦朧，後來卻越來越清楚。這告訴我們，大家且顧眼前也不妨，不久就會來個長久之計的。但是慘勝了，戰禍起在自己家裏，動亂比抗戰時期更甚，並且好像沒個完似的。沒有了共同的遠景；有些人簡直沒有遠景，有些人有遠景，卻只是片段的，全景是在一片朦朧之中。可是火燒得更大了，更快了，能夠且顧眼前就是好的，顧得一天是一天，誰還想到甚麼長久之計！可是這種局面能以長久地拖下去嗎？我們是該警覺的。

且顧眼前，情形差別很大。第一類是只顧享樂的人，所謂「今朝有酒今朝醉」。這種人在抗戰中大概是些發國難財的人，在勝利後大概是些發接收財或勝利財的人。他們巧取豪奪得到財富，得來的快，花去的也就快。這些人雖然原來未必都是貧兒，暴富卻是事實。時勢老在動盪，物價老在上漲，倘來的財富若是不去運用或花消，轉眼就會兩手空空兒的！所謂運用，大概又趨向投機一路；這條路是動盪的，擔風險的。在動盪中要把握現在，自己不吃虧，就只有享樂了。享樂無非是吃喝嫖賭，加上穿好衣服，住好房子。傳統的享樂方式不夠闊的，加上些買辦文化，洋味兒越多越好，反正有的是錢。這中間自然有不少人享樂一番之後，依舊還我貧兒面目，再吃苦頭。但是也有少數豪門，憑藉特殊的權位，渾水裏摸魚，越來越富，越花越有。財富集中在他們手

裏，享樂也集中在他們手裏。於是富的富到三十三天之上，
貧的貧到十八層地獄之下。現在的窮富懸殊是史無前例的；
現在的享用娛樂也是史無前例的。但是大多數在飢餓線上掙
扎的人能以眼睜睜白供養着這班驕奢淫逸的人盡情地自在地
享樂嗎？有朝一日──唉，讓他們且顧眼前罷！

　　第二類是苟安旦夕的人。這些人未嘗不想工作，未嘗不
想做些事業，可是物質環境如此艱難，社會又如此不安定，
誰都貪圖近便，貪圖速成，他們也就見風使舵，凡事一混了
之。「混事」本是一句老話，也可以說是固有文化；不過向
來多半帶着自謙的意味，並不以為「混」是好事，可以了此
一生。但是目下這個「混」似乎成為原則了。困難太多，辦
不了，辦不通，只好馬馬虎虎，能推就推，不能推就拖，不
能拖就來個偷工減料，只要門面敷衍得過就成，管它好壞，
管它久長不久長，不好不要緊，只要自己不吃虧！從前似
乎只有年紀老資格老的人這麼混，現在卻連許多青年人也一
道同風起來。這種不擇手段，只顧眼前，已成風氣。誰也說
不準明天的事兒，只要今天過去就得了，何必認真！認真又
有甚麼用！只有一些書呆子和准書呆子還在他們自己的崗位
上死氣白賴地規規矩矩地工作。但是戰訊接着戰訊，越來越
艱難，越來越不安定，混的人越來越多，靠這一些書呆子和
准書呆子能夠撐得住嗎？大家老是這麼混着混着，有朝一日
垮台完事。螻蟻尚且貪生，且顧眼前，苟且偷生，這心情是
可以了解的；然而能有多長久呢？只顧眼前的人是不想到這
個的。

　　第三類是窮困無告的人。這些人在飢餓線上掙扎着，他

們只能顧到眼前的衣食住，再不能夠顧到別的；他們甚至連眼前的衣食住都顧不周全，哪有工夫想別的呢？這類人原是歷來就有的，正和前兩類人也是歷來就有的一樣，但是數量加速地增大，卻是可憂的也可怕的。這類人跟第一類人恰好是兩極端，第一類人增大的是財富的數量，這一類人增大的是人員的數量——第二類人也是如此。這種分別增大的數量也許終於會使歷史變質的罷？歷史上主持國家社會長久之計或百年大計的原只是少數人；可是在比較安定的時代，大部分人都還能夠有個打算，為了自己的家或自己。有兩句古語說，「一年之計在於春，一日之計在於晨」，這大概是給農民說的。無論是怎樣的窮打算，苦打算，能有個打算，總比不能有打算心裏舒服些。現在確是到了人人沒法打算的時候；「一日之計」還可以有，但是顯然和從前的「一日之計」不同了，因為「今日不知明日事」，這「一日」恐怕真得限於一日了。在這種局面下「百年大計」自然更談不上。不過那些豪門還是能夠有他們的打算的，他們不但能夠打算自己一輩子，並且可以打算到子孫。因為即使大變來了，他們還可以溜到海外做寓公去。這班人自然是滿意現狀的。第二類人雖然不滿現狀，卻也害怕破壞和改變，因為他們覺着那時候更無把握。第三類人不用說是不滿現狀的。然而除了一部分流浪型外，大概都信天任命，願意付出大的代價取得那即使只有絲毫的安定；他們也害怕破壞和改變。因此「且顧眼前」就成了風氣，有的豪奪着，有的鬼混着，有的空等着。然而還有一類顧眼前而又不顧眼前的人。

我們向來有「及時行樂」一句話，但是陶淵明《雜詩》

説，「及時當勉勵，歲月不待人」，同是教人「及時」，態度卻大不一樣。「及時」也就是把握現在；「行樂」要把握現在，努力也得把握現在。陶淵明指的是個人的努力，目下急需的是大家的努力。在沒有甚麼大變的時代，所謂「百世可知」，領導者努力的可以說是「百年大計」；但是在這個動亂的時代，「百年」是太模糊太空洞了，為了大家，至多也只能幾年幾年地計劃着，才能夠踏實地努力前去。這也是「及時」，把握現在，説是另一意義的「且顧眼前」也未嘗不可；「且顧眼前」本是救急，目下需要的正是救急，不過不是各人自顧自的救急，更不是從救急轉到行樂上罷了。不過目下的中國，連幾年計劃也談不上。於是有些人，特別是青年一代，就先從一般的把握現在下手。這就是努力認識現在，暴露現在，批評現在，抗議現在。他們在試驗，難免有錯誤的地方。而在前三類人看來，他們的努力卻難免向着那可怕的可憂的破壞與改變的路上去，那是不顧眼前的！但是，這只是站在自顧自的立場上説話，若是顧到大家，這些人倒是真正能夠顧到眼前的人。

一九四八年一月十七日

乞丐

導讀

　　這是一幅二十世紀三十年代倫敦的「乞丐圖」，描述的是朱自清在訪學英國時，在倫敦看到的眾多乞丐：寫字的長鬚老者、畫丐、樂丐、背小說的乞丐、以領路為名的乞丐，形形色色，不一而足。閱讀對象也是中學生。

　　二十世紀三十年代的中學生對乞丐不會陌生，我們現在也不陌生，但讀了這篇散文，中學生會驚訝，在發達資本主義國家，會有那麼多乞丐，雖然倫敦的乞丐普遍的還是有不錯的素養，有着「人」的自尊。所以文章開始說外國乞丐「丐道或丐術」不大一樣。

　　《乞丐》的寫作幾乎沒有摻入作者的觀點、感情和立場，他只是在如實描述看到和了解到的倫敦乞丐，近乎實錄，一方面保持情緒上的平靜、克制，你至少從文中看不出朱自清專門寫倫敦乞丐的真實用意，另一方面則細緻觀察，特別注重對於細節的描繪，筆調自由。大量形象又近於素描般的細節，是本文突出的特點。眾多的細節像一個個碎片，又像電影中的蒙太奇鏡頭，集合起來，組成了這幅清晰的倫敦「乞丐圖」。作家只是盡量如實且生動地描繪出來，讀者盡可以依據自己的立場或生活經驗去閱讀、去思考。

「外國也有乞丐」，是的；但他們的丐道或丐術不大一樣。近些年在上海常見的，馬路旁水門汀上用粉筆寫着一大堆困難情形，求人幫助，粉筆字一邊就坐着那寫字的人，──北平也見過這種乞丐，但路旁沒有水門汀，便只能寫在紙上或布上──卻和外國乞丐相像；這辦法不知是「來路貨」呢，還是「此心同，此理同」呢？

倫敦乞丐在路旁畫畫的多，寫字的卻少。只在特拉伐加方場①附近見過一個長鬚老者（外國長鬚的不多），在水門汀上端坐着，面前幾行潦草的白粉字。説自己是大學出身，現在一寒至此，大學又有何用，這幾句牢騷話似乎頗打動了一些來來往往的人，加上老者那炯炯的雙眼，不露半星兒可憐相，也教人有點肅然。他右首放着一隻小提箱，打開了，預備人往裏扔錢。那地方本是四通八達的鬧市，扔錢的果然不少。箱子內外都撒的銅子兒（便士）；別的乞丐卻似乎沒有這麼好的運氣。

畫畫的大半用各色粉筆，也有用顏料的。見到的有三種花樣。或雙鈎 To live（求生）二字，每一個字母約一英尺見方，在雙鈎的輪廓裏精細地作畫。字母整齊勻淨，通體一筆不苟。或雙鈎 Good Luck（好運）二字，也有只用 Luck（運氣）一字的。──「求生」是自道；「好運」，「運氣」是為過客頌禱之辭。或畫着四五方風景，每方大小也在一英尺

①　特拉伐加方場，即特拉法加廣場，在倫敦市中心，為紀念著名的特拉法加港海戰而建，倫敦名勝之一。

左右。通常畫者坐在畫的一頭，那一頭將他那舊帽子翻過來放着，銅子兒就扔在裏面。

這些畫丐有些在藝術學校受過正式訓練，有些平日愛畫兩筆，算是「玩藝兒」。到沒了落兒，便只好在水門汀上動起手來了。一九三二年五月十日，這些人還來了一回展覽會。那天的晚報（*The Evening News*）上選印了幾幅，有兩幅是彩繡的。繡的人諢名「牛津街開特爾老大」，拳亂時做水手，來過中國，他還記得那時情形。這兩幅畫繡在帆布（畫布）上，每幅下了八萬針。他繡過英王愛德華像，據說頗為當今王后所賞識；那是他生平最得意的時候。現在卻只在牛津街上浪蕩着。

晚報上還記着一個人。他在雜戲館（Halls）幹過三十五年，名字常大書在海報上。三年前還領了一個雜戲班子遊行各處，他扮演主要的角色。英倫三島的城市都到過；大陸上到過百來處，美國也到過十來處。也認識賈波林。可是時運不濟，「老倫敦」卻沒一個子兒。他想起從前朋友們說過靜物寫生多麼有意思，自己也曾學着玩兒；到了此時，說不得只好憑着這點「玩藝兒」在泰晤士河長堤上混混了。但是他怕認得他的人太多，老是背向着路中，用大帽簷遮了臉兒。他說在水門汀上作畫頗不容易；最怕下雨，幾分鐘的雨也許毀了整天的工作。他說總想有朝一日再到戲台上去。

畫丐外有樂丐。牛津街見過一個，開着話匣子，似乎是坐在三輪自行車上；記得頗有些堂哉皇也的神氣。復活節星期五在冷街中卻見過一羣，似乎一人推着風琴，一人按着，一人高唱《頌聖歌》——那推琴的也和着。這羣人樣子卻就

狼狽了。據說話匣子等等都是賃來；他們大概總有得賺的。
另一條冷街上見過一個男的帶着兩個女的，穿着得像剛從垃
圾堆裏出來似的。一個女的還抹着胭脂，簡直是一塊塊紅
土！男的奏樂，女的亂七八糟地跳舞，在剛下完雨泥滑滑的
馬路上。這種女乞丐像很少。又見過一個拉小提琴的人，似
乎很年輕，很文雅，向着步道上的過客站着。右手本來抱着
個小猴兒；拉琴時先把牠抱在左肩頭蹲着。拉了沒幾弓子，
猴兒尿了；他只若無其事，讓衣服上淋淋漓漓的。

牛津街上還見過一個，那真狼狽不堪。他大概賃話匣子
等等的力量都沒有；只找了塊板兒，三四尺長，五六寸寬，
上面安上條弦子，用隻玻璃水杯將弦子繃起來。把板兒放在
街沿下，便蹲着，兩隻手穿梭般彈奏着。那是明燈初上的時
候，步道上人川流不息；一雙雙腳從他身邊匆匆地跨過去，
看見他的似乎不多。街上汽車聲腳步聲談話聲混成一片，他
那獨弦的細聲細氣，怕也不容易讓人聽見。可是他還是埋着
頭彈他那一手。

幾年前一個朋友還見過背誦迭更斯[2]小説的。大家正
在戲園門口排着班等買票；這個人在旁背起《塊肉餘生述》
來，一邊唸，一邊還做着。這該能夠多找幾個子兒，因為比
那些話匣子等等該有趣些。

警察禁止空手空口的乞丐，乞丐便都得變做賣藝人。

---

[2] 迭更斯（1812—1870），狄更斯的舊譯，英國十九世紀現實主義代表
作家，代表作品有《匹克威克外傳》、《大衛·科波菲爾》（即下文所言
《塊肉餘生述》）、《雙城記》等。

若是無藝可賣，手裏也得拿點東西，如火柴皮鞋帶之類。路角落裏常有男人或女人拿着這類東西默默站着，臉上大都是黯淡的。其實賣藝，賣物，大半也是幌子；不過到底教人知道自尊些，不許不做事白討錢。只有瞎子，可以白討錢。他們站着或坐着；胸前有時掛一面紙牌子，寫着「盲人」。又有一種人，在乞丐非乞丐之間。有一回找一家雜耍場不着，請教路角上一個老者。他殷勤領着走，一面說剛失業，沒錢花，要我幫個忙兒。給了五個便士（約合中國三毛錢），算是酬勞，他還爭呢。其實只有二三百步路罷了。跟着走，訴苦，白討錢的，只遇着一次；那裏街燈很暗，沒有警察，路上人也少，我又是外國人，他所以厚了臉皮，放了膽子 —— 他自然不是瞎子。

一九三五年十二月

劉雲波女醫師

導讀

　　這是一篇寫人散文，也是特殊的人物通訊。女醫師劉雲波既是朱自清夫婦交往了十餘年的好友，又是一位從海外歸來、德高望重、醫術精湛的醫生，一個將病人當愛人、一直未婚的婦產科主任，還是一個虔誠的基督徒，一個家世很好的富家子弟，所以朱自清這篇散文，既有友情的流露，衷心的感激，更有發自內心的敬重。這篇文章的寫作，既是對劉雲波醫生多年來對自己一家悉心照顧的感激，也是對於社會力所能及盡到的一份責任。於私於公，都是必須要寫的一篇文章。

　　這篇散文詳細地在面的層次上介紹了劉雲波女醫生這些令人感動的方方面面，又用一些細節來充實這些介紹，比如深夜出診、挽救作者小女性命等，文章就是這樣點面結合地完整勾畫出一個完美的女醫生形象。在語言運用方面非常樸素自然，不用修飾如實寫來，自有感動讀者之處。文中提的朱自清夫婦請葉聖陶書寫對聯送給劉雲波醫生一事，是在文章寫作前四年的 1944 年 8 月 20 日，文章只是稍微提及，也足以讓讀者感知作者對劉雲波醫生的敬重和感激。在全面介紹完劉雲波醫生的職業操守和工作狀況之後，最後一段介紹了她良好的家世和教育背景，以及自己在人生選擇的關口作出的巨大犧牲，進一步提升了劉雲波醫生的精神境界，這個人物的形象也更為豐滿。

劉雲波是成都的一位婦產科女醫師，在成都執行醫務，上十年了。她自己開了一所宏濟醫院，抗戰期中兼任成都中央軍校醫院婦產科主任，又兼任成都市立醫院婦產科主任。勝利後軍校醫院復員到南京，她不能分身前去，去年又兼任了成都高級醫事職業學校的校長，我寫出這一串履歷，見出她是個忙人。忙人原不稀奇，難得的她決不掛名而不做事；她是真的忙於工作，並非忙於應酬等等。她也不因為忙而馬虎，卻處處要盡到她的責任。忙人最容易搭架子，瞧不起別人，她卻沒有架子，所以人緣好 —— 就因為人緣好所以更忙。這十年來成都人找過她的太多了，可是我們沒有聽到過不滿意她的話。人緣好，固然；更重要的是她對於病人無微不至的關切。她不是冷冰冰的在盡她的責任，盡了責任就算完事；她是「念茲在茲」的。

劉醫師和內人在中學裏同學，彼此很要好。抗戰後內人回到成都故鄉，老朋友見面，更是高興。內人帶着三個孩子在成都一直住了六年，這中間承她的幫助太多，特別在醫藥上。他們不斷地去她的醫院看病，大小四口都長期住過院，我自己也承她送打了二十四針，治十二指腸潰瘍。我們熟悉她的醫院，深知她的為人，她的確是一位親切的好醫師。她是在德國耶拿大學 [1] 學的醫，在那兒住了也上十年。在她自己的醫院裏，除婦產科外她也看別的病，但是她的主要的也是最忙的工作是接生，找她的人最多。她約定了給產婦接

---

① 耶拿大學是德國最古老的大學之一，也是德國最優秀的大學之一。

名家散文必讀·朱自清

204

生，到了期就是晚上睡下也在留心着電話。電話來了，或者有人來請了，她馬上起來坐着包車就走。有一回一個並未預約的病家，半夜裏派人來請。這家人疏散在郊外，從來沒有請她去看過產婦，也沒有個介紹的人。她卻毅然地答應了去。包車到了一處田邊打住，來請的人說還要走幾條田埂才到那家。那時夜黑如墨，四望無人，她想，該不會是綁票匪的騙局罷？但是只得大着膽子硬起頭皮跟着走。受了這一次虛驚，她卻並不說以後不接受這種半夜裏郊外素不相知的人家的邀請，她覺得接生是她應盡的責任。

她的責任感是充滿了熱情的。她對於住在她的醫院裏的病人，因為接近，更是時刻地關切着 —— 老看見她叮囑護士小姐們招呼這樣那樣的。特別是那種情形嚴重的病人，她有時候簡直睡不着地惦記着。她沒有結婚，常和內人説她把病人當做了愛人。這決不是一句漂亮話，她是認真地愛着她的病人的。她是個忠誠的基督徒，有着那大的愛的心，也可以説是「慈母之心」—— 我曾經寫過一張橫披送給她，就用的這四個字。她不忽略窮的病家，住在她的醫院裏的病人，不論窮些富些，她總叮囑護士小姐們務必一樣的和氣，不許有差別。如果發覺有了差別，她是要不留情地教訓的。街坊上的窮家到她的醫院裏看病，她常免他們的費，她也到這些窮人家裏去免費接生。對於朋友自然更厚。有一年我們的三個孩子都出疹子，兩歲的小女兒轉了猩紅熱，兩個男孩子轉了肺炎，那時我在昆明，內人一個人要照管這三個嚴重的傳染病人。幸而劉醫師特許小女住到她的醫院裏去。她盡心竭力地奔波着治他們的病，用她存着的最有效的藥，那些藥

在當時的成都是極難得的。小女眼看着活不了，卻終於在她手裏活了起來，真是憑空地撿來了一條命！她知道教書匠的窮，一個錢不要我們的。後來她給我們看病吃藥，也從不收一個錢。我們呢，卻只送了「秀才人情」的一幅對子給她，文字是「生死人而肉白骨，保赤子如拯斯民」，特地請葉聖陶兄寫；這是我們的真心話。我們當然感謝她，但是更可佩服的是她那把病人當做愛人的熱情和責任感。

　　劉醫師是遂寧劉萬和先生的二小姐。劉老先生手創了成都的劉萬和綢布莊，這到現在還是成都數一數二的大鋪子。劉老太太是一位慈愛的勤儉的老太太，她行的家庭教育是健康的。劉醫師敬愛着這兩位老人。不幸老太太去世得早，老先生在抗戰前一年也去世了，留下了很多幼小者。劉醫師在耶拿大學得了博士學位，原想再研究些時候，這一來卻趕着回到家裏，負起了教育弟弟們的重任。她愛弟弟們，管教得卻很嚴。現在弟弟們都成了年，她又在管着姪兒姪女們了。這也正是她的熱情和責任感的表現。她出身在富家，富家出身的人原來有嗇刻的，也有慷慨的，她的慷慨還不算頂稀奇。真正難得的是她那不會厭倦的同情和不辭勞苦的服務。富家出身的人往往只知道貪圖安逸，像她這樣給自己找麻煩的人實在少有。再說一般的醫師，也是冷靜而認真就算是好，像她這樣對於不論甚麼病人都親切，恐怕也是鳳毛麟角罷！

一九四八年四月

責任編輯：楊 歌

封面設計：高 林

版式設計：鄧佩儀

排版：陳美連

印務：劉漢舉

名家散文必讀系列

朱自清

作者　朱自清

出版 | 中華教育

香港北角英皇道 499 號北角工業大廈 1 樓 B 室

電話：(852) 2137 2338 傳真：(852) 2713 8202

電子郵件：info@chunghwabook.com.hk

網址：http://www.chunghwabook.com.hk

發行 | 香港聯合書刊物流有限公司

香港新界荃灣德士古道 220-248 號 荃灣工業中心 16 樓

電話：(852) 2150 2100　傳真：(852) 2407 3062

電子郵件：info@suplogistics.com.hk

印刷 | 美雅印刷製本有限公司

香港觀塘榮業街 6 號海濱工業大廈 4 樓 A 室

版次 | 2022 年 10 月第 1 版第 1 次印刷

©2022 中華教育

規格 | 32 開（195mm x 140mm）

ISBN | 978-988-8808-30-4